樂馬—著

太平妖姬

貳 無渡河

目次

洪秀媜
自稱真主之女，帶領刀槍不入的狂
屍席捲古老的東方帝國，建立太平
天國，號稱太平天后。
頭戴紅色冕旒，身穿烈火般的紅色
高衩旗袍，長髮及腰，體態婀娜修
長，額頭紋繡桃花樣的倒十字。

蘇我代
28歲，雖是男人卻比女人嫵媚。原為北辰五行流師範，因參與倒幕行動遭大和幕府通緝，只得流亡海外擔任傭兵。
身段窈窕，面容白皙嫵媚，有著漂亮烏黑的長髮，穿暗紅飾有白菊花紋的袴，配備裝飾半月花紋的太刀。

【角色簡介／技能解說】

【淮軍】

張紀昂：25歲，昂字營營官，重情重義，愛兵如子，但性格固執，不與人合流，因而遭受排擠。一心報效朝廷，為民解難。

武器：天鐵斬馬刀、天鐵大刀

技能：靈識、喚神（武聖雲長）

李鴻甫：40歲，淮軍總指揮，官拜總兵。足智多謀，相當且有外交手腕。

武器：精鋼王弓。

技能：靈識、喚神（飛將軍）

（原型：李鴻章，淮軍領導，外交手腕極強，晚清四大名臣之一。）

劉三省：29歲，體格壯碩，力有千鈞。剛毅果決，驍勇善戰，乃張紀昂同鄉長輩，亦是張紀昂最信服的人。

武器：陌刀

技能：靈識、喚神（滄海君）

（原型：劉銘傳，淮軍主要將領，臺灣首任巡撫。）

【帝師】

獅僧：帝國鐵帽子王，果毅剛勇，捍衛帝國權力。

武器：氈杖

技能：薩滿陰兵

（原型：僧格林沁，大清鐵帽子王。）

【常勝軍】

哈勒．戈登：31歲，來自大洋彼岸島國的教士，被政府與教會授命前往東方處置「異端」問題，成為常勝軍指揮官，軍銜為陸軍少校。

（原型：查理．喬治．戈登，英國軍官，赴清國指揮常勝軍與太平軍握作戰，後受封提督。）

蘇我代：28歲，雖是男人卻比女人嫵媚，北辰五行流師範。毫不掩飾對張紀昂的喜愛。
武器：北辰劍——不動尊
技能：北辰五行流

奧莉嘉・巴甫洛維奇：15歲，金髮藍眼，真主賜福之人。性格純善，會為所有死去的生命哀悼，平時幾乎無情緒起伏，一旦情緒激動，便會發動熾天使之羽，瞬間可殺千名狂屍。
技能：熾天使之羽

碧翠絲・德瑞克：9歲，聖公會教徒。著名海盜爵士德瑞克的後代，充滿冒險精神，偷偷跟隨戈登少校來到東方。
武器：1845式軍刀

【常捷軍】

愛蜜莉・路易斯：18歲，橫貫新大陸的「橫貫者」路易斯的孫女，擁有豐富的山林經驗，相當害怕惡靈之類的東西。
招式：祖靈之力

赫德嘉．馮．托斯卡那：20歲，馬提亞斯大公的第三個女兒，反射神經出類拔萃。
武器：大馬士革鋼製的琴弓

【聯合部隊】
安格拉．馮．俾斯麥：23歲，專精物理化學，擅長製造炸藥。現任保護五國公使團的聯合部隊。
武器：硝化甘油、槍枝

【太平軍】
洪秀媜：？歲，自稱真主之女，帶領刀槍不入的狂屍席捲古老的東方帝國，並創立太平天國，號稱太平天后。
（原型：洪秀全）
榮繡：？歲，太平天國二把手，身材高而修長，並有一頭飄逸綠髮，麾下統有精銳的玄甲營。
（原型：李秀成，太平天國忠王，又稱榮千歲）
虞念花：22歲，傾國傾城的美艷女子。

招式：喚神（霸王）

（原型：任化邦，捻軍首領之一，被李鴻章讚為『今項羽』）

序・苦路

晚風拂起新雨後的泥香，舒緩燠悶暑氣，人跡罕見的林間小道出現一支浩浩蕩蕩的隊伍。數十個狂屍緘默地扛著一口凸雕倒十字的巨大紅色棺木，宛若一顆巨大心臟。

夜梟靜下鳴叫，穿梭林葉間的蟲吟也愣然靜止。

一頭飄逸綠髮的榮繡盤腿坐在棺木中間，雙眼在夜裡透著晶瑩翠綠，如綠色幽火照亮無星無月的林子。隨著狂屍負有節奏的步伐，她頭上的黃角帽也跟著輕輕曳動，一襲合身的鳳紋黃馬褂則襯出她修長的身段，不經意的一笑顯得雍容華貴。

榮繡盯著陰影幢幢的樹林，左手虛抓著懸浮在腰間以真金打造的佩劍。

太平天后的左膀右臂。

「難得見千歲開心。」說話的是由一名魁梧狂屍駝著的年輕姑娘，她叫虞念花，沒有榮繡一身詭譎妖氣。虞念花霧鬢雲鬟，眼神柔媚，楚腰曼妙，穿著淡雅的琵琶袖襖裙，雪嫩的頸子卻有一條怵目驚心的醜疤。這位風韻秀澈的女子是如假包換的凡人，身處在狂屍之中卻不卑不亢，應對得體。

「這樣妳也聽得出來？」榮繡冷冷道：「天后明知𠊎和八千那丫頭意見相左，什麼事都有爭端，現在八千不在了，𠊎樂得輕鬆。」

「芙千歲雖然調皮了些，但才智令人信服，否則天后也不會安排她與您操辦大事。」虞念花莞爾道。

「八千成天與𠊎作對，明知𠊎最厭惡見利忘義的洋人，還妄想跟他們合作。現在人家倒跟曾剃頭一起打下天都了。」榮繡嘴裡數落人，臉上並無怒意，身為太平天后的左膀，從不輕易展現情緒。

「奴家斗膽問千歲，失了天都不心疼嗎？」

「𠊎明白天后旨意，可眼睜睜看著天都讓曾剃頭糟蹋，白損臣民之命還是不痛快。那裡可是個好地方，不過再好，也比不上讓天下人安生的千年王國，等事成了，再取曾賊狗頭不遲。失了天都亦無妨，眼下先將天后的差事辦妥，待天后重迎人間之時，新仇舊恨一併算上。」榮繡瞅著虞念花道：「倒是妳真的下定決心了？縛神對肉體凡胎而言可是非常痛苦。」

「奴家沒有千歲幸運，能有這般好身子，但為天后效命，一點小疼不足掛齒。天后為了世人背負所有人的罪，奴家又算得了什麼？」

「嘴真甜，怪不得人人喜歡妳。」

「奴家不敢。」虞念花笑得甜美，替陰森森的夜帶來一絲亮麗。

「說起來，你們幾年未見？」

「韶光驟逝，滄海桑田，已有兩千年頭。」
「兩千年，好長的時日。妳還能記得？」
「昔情昔景，一刻不敢忘。」
「好個纏綿悱惻的情愛，再過兩千年仍是史家絕唱。可惜倛不分情愛，否則也能體會幾分。」
「千歲超凡度外，想的是興濟四海的大業大愛，人間小情怎能入千歲之眼。」
「妳這個小妮子。」榮繡勾起一彎笑，承認被虞念花軟綿綿的恭維哄得舒坦。她伸出纖手抓了一把空氣，道：「烏江，煞氣真重，遠遠的就能嗅到壓抑千年的仇恨，真好，有如此助力，天后的擔子也少了些，何愁大業不成。」
就在眼前了，一股令人發顫的惡氣撲面迎來，狂屍忍不住不安。
榮繡用劍鞘輕敲棺木，整飭軍令，讓狂屍嚴正以待。虞念花秋波脈脈，不經意嫣然一笑，凝望塵封幽魂之地。
陰風乍起，鬼泣切切，林子迴盪古戰場揮之不散的悲鳴。
眼前出現一隊駕骷髏鬼馬的披甲力士，撞飛開路的狂屍，噴發怨氣的空洞眼眶惡狠狠瞪著龐大的抬棺隊伍。他們是鎮守怨魂的鬼衛，不讓任何人打擾沉睡王者的千年寧靜。
鬼衛指著榮繡，要她立馬帶隊離去。
「讓開，倛厭惡無端殺戮。」

榮繡自然明白事情沒這麼容易，那更好，只要兵來將擋，破除障礙，連談判的時間都省去。

這時鬼衛舉刀組織陣型衝進巨棺，在隊伍前的狂屍怒咆舞爪，鬼衛之軀卻探去自如，透過狂屍的身子，緊接著驟然一劈。中招的狂屍幾無哀號，被乾淨俐落地切成兩大肉塊。

榮繡卻一副了然於胸，要縛住如此層級的怨魂，這點犧牲在所難免。

鬼衛迎面殺來，空氣摩娑令人不安的聒噪，榮繡詭譎的綠眼閃耀流光，冷峻地說：「區區怨魂豈敢衝撞聖棺，簡直不要命。」

榮繡金劍出鞘，爍光如日，飛踏揮出日輪般璀耀的劍斬，方才還跋扈的鬼衛立刻湮滅於萬丈金光。

榮繡彈劍插地，單腳立在劍首上，一身黃馬褂颯發橫豎。

「一干草芥連偓一分力都不值得用。」

倏地金光拔地而起，彷若一根巨槍劃破鬼衛聚成的陣型。

鬼衛散作黑煙，原本烏漆抹黑的林子綻出一道微光。那是林子的出口，連接亙古肅殺的古戰場，一帶江水悠悠流過，兩千年來帶不走盤據於此的怨魂，風吹江水彷彿催促桀驁的英靈回鄉。

那英靈含目虎威，神宇雋朗，經過兩千載流轉，仍是虞念花心中蓋世披靡的大丈夫。他靜穆地站在江口，毫無一絲浮躁，縱是前方有千軍萬馬也無法動其心念。

任歲月橫飛，依然是屹立不朽的霸王。

「虞姑娘，妳可準備好了？」榮繡知是白問，仍不免再提。畢竟虞念花沒有靈識，想用一介凡軀喚神，就必須定下以血肉縛神的決心，那種痛遠非千刀萬剮可以形容。

「奴家已經將這顆心備妥兩千年。」

「好，取出他胸前銅符。」

霸王當日自刎江邊，高皇帝擔憂他的怨魂作祟，聚十二位法師的力量鑄成銅符，將他鎮在此處。

虞念花不加思索取出插在霸王胸膛的銅符。

「是誰、打擾、本王安息。」

通身黑甲的霸王張開一雙傲眸，眼見溢滿殺氣的榮繡，當即對天喑嗚，震盪江水。沒有銅符鎮壓他的力量，變化出當年殺得掃遍神州的霸王劍，通身烏鬃的烏黑駿馬自江水裡疾馳而出。

霸王躍上駿馬，重重斬出一劍，頃刻風暴狂鳴，秀林折腰，榮繡勾起金劍，化出金光壁壘，但霸王之氣銳勢難擋，輕易斬破陣壁，榮繡使盡力氣才擋下。

金劍滅鬼殺神，橫掃千里不敗，昔年天都被五萬江南大營圍城，榮繡自蘇城星夜兼程，趁新月之幕殺得江南大營哀鴻遍野，此後朝廷再無親兵可用，只得仰賴湘、淮二軍。

足以震破新月的金光竟攔不下霸王一斬，榮繡不禁莞爾。

「果然美人配英雄，念花，妳等得值得。」榮繡悄悄用掛袖抹掉黑血。

虞念花默然走至霸王跟前，溫柔喚道：「霸王，還認得奴家嗎？」

霸王凝視虞念花美麗的容顏，搜索斷絕兩千年的記憶。

「是、誰。」

虞念花挽起長袖，捻指指向霸王，宛若當時四面鄉歌、士心渙散的夜晚。虞念花笑靨依舊，如明庶風吹散霸王臉上冰寒。

「妳是——」

虞念花咬破指頭，滴血為誓，霸王頓時化作無數星塵，和虞念花的身軀緊緊相融。

這畢竟不是正規法子，縛神先會痛入骨髓，血液沸騰，整個身體像被烈火焚燒，接著猶如萬毒攻心，折磨一遍又一遍，求生不得求死不能。中途放棄了是死，就算堅持到底也不一定活，因此沒人願意承受如此劇痛來嘗試這個成率甚低的方法。成者也與用靈識喚神不同，是讓精魂宿於體內，猶如再活一次。

霸王，還認得奴家嗎？

榮繡滿意地看著他們，總算不枉費天后多年苦心。

霸王歸來，再興波盪。

妙弋，妳回來了。

第一章　千里尋音

熊熊火勢沖天，煙霧三日不絕。

焦屍味瀰漫城周數里。

馬車一輛輛運著疊放斷肢缺腿的狂屍屍體出城，來到城外臨時搭建簡易爐棚，此時城內烈焰未消，城外也大肆飄散爐火黑煙。自是要將狂屍製成長生丹，運販給皇親貴胄，甚至是富商大賈。

湘軍公告附近村鎮百姓唯有燒掉狂屍屍身才能淨化惡毒，嚴斥聚眾圍觀，以免感染毒氣，但百姓還是循著濃煙來看熱鬧，躲在附近看兵勇們把一具具醜惡的屍體搬入鍋爐。

儘管哈勒痛惡此舉，也只能在雨花山遙望興嘆。天都之戰前，淮軍李總兵指示常勝軍勞苦功高，作戰奮勇，撥下足餉犒賞，這當然是明褒暗抑，戰況發展至今常勝軍已對戰局無從置喙，加上先前五國公使插手，哈勒只得發下豐厚的遣散費解散常勝軍。

隨後蒲公公攜來兩宮太后懿旨，先是褒獎哈勒，再請哈勒進京敘功，並說兩宮太后和皇上預備賜宴，由五國公使陪同祝賀攻破天都。

明眼人都看得出這道懿旨背後的名堂，五國公使壓根不在意洪秀娘和狂屍，他們只想得到垂涎已久的可怕兵器。

「五國公使想跟我討說法。」蒲公公走後，哈勒意味深長地說。

「奧莉嘉？」碧翠絲一下就猜到。

奧莉嘉有令人聞之喪膽的力量，既被視為惡魔，也同時被諸國渴望，現在列強爭霸越演越烈，誰都想早一步得到奧莉嘉。

「可是她失蹤了啊，連辮子頭也是，說到辮子頭就讓人生氣，他真是個混蛋，代姊差點為了他死掉耶，他竟然跟魔女一起逃跑。」想起蘇我的犧牲，碧翠絲氣沖沖地說道。

「淑女說話不能太粗魯。」

「誰叫我是海盜爵士的子孫。」碧翠絲驕傲地說。

「而且也沒有證據指出是孫起帶走奧莉嘉，別忘了天都離陵州還有段路，就算真是孫起幹的，也不可能沒人看見。」

「我又不在乎。」碧翠絲鼓起臉，像隻塞滿玉米的小倉鼠。她昂起頭像個小大人看著哈勒，問道：「你打算去京城嗎？」

「必須得去，莫說兩宮太后召見，還有五國公使那關要過。願真主賜福。」哈勒在胸前劃了一個十字。

「你不用怕的啊，就算你說奧莉嘉逃走了，他們也不能怎樣，可是我偷跑出來的，一定會被那些討厭的親戚教訓。」碧翠絲突然懊惱起接下來該怎麼辦。

「我不擔心自己。倒是妳趕快趕快回去，德瑞克爵士一直關心妳的近況，要妳寫封信捎回去。」

「不要，我要留下來照顧代姊，等他好了再說嘛。」

「妳忘記妳以真主之名起誓，在任何情況下要服從我的命令。還有德瑞克爵士捎來的書信也寫道妳必須聽我的話。」

「那又不一樣，你那時候是常勝軍指揮官嘛，現在既然不是了就不算數啦。而且那位親愛的德瑞克爵士有事沒事就說：『身為海盜爵士的後代就要有冒險犯難的精神。』為了我們親愛祖先的光榮，我這樣做才是正確的。」碧翠絲反駁道。

哈勒嘆了口氣，不跟這個機靈的小丫頭辯駁，反正她只要別捅漏子就行。

另一方面淮軍也在積極找尋張紀昂下落，幾乎把整座城翻個底朝天也沒找到張紀昂的身影，那夜大夥都見他傷得很重，要走也走不了多遠。

「又有人要找我了。」哈勒盯著山下揚起的煙塵。奧莉嘉跟張紀昂的事估計還得引起風波。一隊騎兵沿山徑奔馳，捲起煙塵來到哈勒跟前。為首的中年人不高，雙臂如猿猴般長，一雙久經沙場淬鍊的眼睛深沉地打量哈勒。此人正是總兵李鴻甫。

「恭喜李總兵得償所望，大破天都。」

「戈登先生這話謬誤，在我面前倒無所謂，但在太后、聖上跟前，措辭當謹慎。此為屍賊所竊南都，『天』者只有北方皇城。」李總兵朝北方拱手，以示尊意。

「如果總兵大人沒有其他事，我們還要回去禱告。」

「慢，本官還有些事請教，放眼望去，恐怕也只有戈登先生能回答本官疑問。」李總兵下馬作揖，恭敬地問。

「不知道。」李總兵話還沒問完，碧翠絲便搶先回答。「誰知道辮子頭去哪裡了。」

李總兵見碧翠絲已挑明問題，也不再虛故禮節，單刀直入問道：「孫起是妳救的，蘇我上尉也是妳帶走，這時再跟本官打馬虎眼就沒意思了。」

「我只救了代姊而已，腳長在辮子頭身上，走去哪我怎麼知道。」碧翠絲不甩李總兵那套官架子，「再說每個人都知道張紀昂向妖后臣服了嘛，說不定他已經跟著殉國了。至於惡魔奧莉嘉，你不是說好讓他跟妖后同歸於盡嗎，現在人可能在天國，只有真主知道囉。」

碧翠絲說的是實情，那夜張紀昂追洪秀媜而去，她好不容易才扶著蘇我到城外，之後的事確實一概不知。

「本官不怪妳個小丫頭記不清楚，哈勒先生，請讓我見蘇我上尉一面。」

「不准打擾代姊休息！還有辮子頭又不是我們的人，他去哪裡關我們屁事啊！」碧翠絲伸出臂膀，像要堅決阻攔李總兵打擾蘇我休息。

「說話不可以這麼沒禮貌。」哈勒制止道。

天都一戰，蘇我被洪秀媜打得遍體鱗傷，險些死去，雖然活下來了，傷勢仍重，要是讓他知道張紀昂跟奧莉嘉的事，定會坐不住，影響養傷。

「真是個伶牙俐齒的小姑娘。」李總兵不想得罪海盜爵士的後代，便和藹地笑道：「眾所皆知孫起是為國假降，如今妖后伏誅，太后聽說了孫起的事蹟，想讓他進宮覲見，以他的功勞少不了加官晉爵，只要他肯出來便能享盡榮華富貴。」

「是喔，你自己去告訴他吧。」碧翠絲不耐煩地說。

「戈登先生，暫留奧莉嘉姑娘乃是太后懿旨，要是人無故沒了蹤影，太后問下來本官難辭其咎。希望戈登先生指條明路。」李總兵索性略過碧翠絲，眼不見為淨。

真正難交代的是五國公使。哈勒看破，卻不說破。他知道李總兵忖度只要找到張紀昂，便能找到奧莉嘉。

「總兵大人，請原諒年幼的碧翠絲不懂禮節，但我們確實四處找過奧莉嘉的下落，真的不曉得她去哪裡。還有很遺憾的，我也不知道孫起下落。」

哈勒特地到雨花山，也是要尋找奧莉嘉的蹤影。但他自知這不過徒勞無功。

「孫起對我至關重要，奧莉嘉姑娘對本朝外交亦舉足輕重，戈登先生是否以真主之名保證？」

「我們不隨便用真主的名義發誓，但我以我的人格向你承諾。」哈勒堅定地看著李總兵，

「想必總兵大人已經聽說懿旨的事，我會親自去京城解釋一切，絕不牽連你。」

「戈登先生也親眼見過奧莉嘉姑娘的力量，放任她在帝國境內實屬隱憂，本官不怕受牽連，

只擔心落人口實。」李總兵皺眉，思索哈勒的話，既問不出東西，便抱拳道：「本官雖答應孫起事成後任他去留，仍冀望薦用他為太后和皇上效力，唉，不過既然他自尋去路，本官也不再強求。請戈登先生盡早準備，隨本官進京向大后敘功。」

「當然。」哈勒欣然頷首。

待李總兵的人馬離去，碧翠絲不禁發牢騷道：「這些人真不夠意思，把人家當棄子，現在出事了又急著找回來，我敢說要不是因為魔女不見了，他們才懶得管辮子頭死活。」

「多聽少說。」哈勒讓碧翠絲打住。

「我哪有說錯嘛。」

「有些話只適合在心裡度量，帝國官員的心思深如翰海，小心翻船。」

「廣如大海又怎樣，我們海盜爵士可是專門征服大海的唷。」

「人心比海象更難測。」哈勒望向不遠處的村鎮，那是他們目前的臨時下榻處，蘇我還在鎮上客棧休養。「時候不早了，我們回去看看蘇我上尉的狀況。對了，妳去不去京城？」

「才不要——嗯，難得都來一趟，聽說帝國的京城很熱鬧呢，等代姊身體好了，他要去的話我就去。」

「用不著擔心蘇我上尉，再過兩天就會好轉，只不過……」哈勒嘀咕了一會，擔憂地說：「他要是聽說孫起跟奧莉嘉的事，到時會怎樣做。」

「別告訴他就好了嘛，我們快走吧，說不定代姊已經醒來做好飯等我們囉，我要讓代姊幫我綁辮子，我自己怎麼弄都弄不好。」碧翠絲期盼道。

「如果奧莉嘉真的是跟孫起走了，只希望他能平撫奧莉嘉心中瘡痍，但究竟如何也只有真主知道了。」哈勒衷心向真主祈禱奧莉嘉得到平靜。

「什麼？」

哈勒抿唇不語，偕著碧翠絲下山。

※

半個月後，商州。

一個綁麻花辮洋娃娃般外國小姑娘、一個穿著色調鮮豔的袴，這兩人走在街上無疑是最顯眼的組合，一路上幾百雙眼睛都盯著兩人瞧，但只要往某個人身上看，那些人立刻又別開眼神。

碧翠絲覺得很有趣，不停重複動作，笑得樂開懷。

「代姊，你看他們好好玩，我一看他們他們就急忙轉頭。」

「別鬧他們了，找個地方吃飯。」蘇我心不在焉地說。

「我們什麼時候到北京啊？」碧翠絲扮了個鬼臉逗蘇我開心。

「再走兩天。」蘇我輕輕捏著調皮鬼的臉頰，莞爾道：「嫌累了吧。」

「不比坐船累，人家是看你沒什麼精神嘛。」蘇我一路上不時望著蒼穹發愣，一副懶氣懨憾，讓碧翠絲很懊悔告訴他張紀昂的事情。雖然實際上是哈勒說的，但不說也不行，蘇我醒來後就不停逼問，最後纏得哈勒沒辦法只能如實托出。

「抱歉，讓小碧擔心了。」

「聽說帝國京城很大，人也很多，小碧一直想要去吃烤鴨，聽說鴨皮又酥又脆，金黃色的。」

「等見到哈勒，讓他買一堆給妳吃。」

「哈勒是小氣鬼，才不會幫我買。」

「他把錢拿出造教堂，捐濟窮苦人，也是好意。」蘇我笑道。

「沒關係，我有錢，等到了京城我買一堆好吃好玩的代姊。」碧翠絲亮出蘇我替她繡的繡花袋子。

「快收起來，錢財不露白。」

「誰敢對我們動手，我就用這把軍刀教訓他。」碧翠絲毫不畏懼道。

「還是小心點，人如果犯惡，比狂屍還可怕。」

「對對對，就像那個李總兵！」說起李總兵如何算計蘇我，碧翠絲便來氣。「不過我沒想到代姊會答應去京城，連哈勒都嚇到了。」

「待在南邊也沒事，不如出去長長見識。」蘇我盯著過往行人，不禁愁眉。

「不是說要去吃飯嘛，我好餓了，這裡雖然不是大城，但也滿熱鬧的，一定有好吃的東西。」碧翠絲收起錢袋，抓著蘇我的手向前走，免得蘇我又盼東望西失了神。

兩人一路談笑風生，走進附近的客棧，碧翠絲趾高氣昂地喊道：「好吃的全上來。」

商州雖不大，但為南來北往的樞紐，因此客棧門庭若市。客棧裡打尖的客人看見門頭囔囔的是個有脾氣的洋小姐，紛紛放下筷子往外探。

碧翠絲毫無在意的重複了一次：「有多少好吃的都幫我拿來。」

當碧翠絲眼睛往店裡掃，那些客人有趕緊回頭聊天。

「客官裡面請，本店口碑俱佳，包管讓洋小姐滿意。」小二匆忙趕來，見是洋人，不敢怠慢，連忙往二樓請。

小二將兩人帶到窗邊，可一覽底下風光。

「我在想——」

「不准想，再怎麼想都是辮子頭對吧？」碧翠絲看著盤踞在蘇我臉上的冷寂就清清楚楚了，她握著筷子敲道：「代姊漂亮的臉蛋都被那傢伙蒙一層灰啦。」

蘇我知道碧翠絲本來就不是藏的住話的孩子，這一路讓她拐著彎說說笑笑也是委屈，現在能不吐不快當然更好。

「小碧，妳覺得我漂亮嗎？」

「當然，比惡魔奧莉嘉漂亮一百倍唷！」碧翠絲誇張的展開雙臂。

「可是、不管怎麼說我只是……」蘇我揪著衣襟，艷麗的臉擠出一絲惆悵。

「那又沒關係，代姊就是代姊，而且那也是代姊自己的事啊，如果辮子頭是因為這樣才——不管，如果真是因為這種理由，我賭上海盜爵士的名聲，也要揍他一頓。反正代姊絕對沒有比那個惡魔差。我有時候甚至希望代姊就是我的媽媽。」

「這話不可以亂說。」

「人家說真的嘛。」碧翠絲憋屈地說：「代姊又漂亮、也很會煮飯，講話很溫柔，還會繡好看的衣服，綁辮子也很厲害——惡魔奧莉嘉除了會敬拜真主，然後這個不能殺、那個不能動，永遠扳著一張臉。好啦，她確實有一點點可愛，但只有一點點。」

「就算孫起不喜歡我，也沒關係的，這種事本來就勉強不得。」

碧翠絲也只能睜大眼睛看著蘇我藏在笑容裡的落寞。

見蘇我又盯著窗外發愣，碧翠絲只好看著四周的人打發時間。她注意到隔兩桌的客人正在大肆交談，一個個伸長脖子笑著等坐在中間的禿頭說話。

「這事情真的絕了，比真珠還真。」禿頭穿著綢緞製成的藍色長衫，瞇著一對蟹眼故作神祕地講著經商途中遭遇的奇事。

「好啦，你那張狗嘴成天胡說八道，你怎不說你路過五指山看見孫行者。」有人揶揄道。

「先別糗我，這事我的眼珠子看得可明白，不信可以問鎮定號的鏢師，他們也看得一清二楚。」

「那還賣什麼關子，說吧。」

「南都破了知道吧。」

「還以為是什麼呢，誰不知道南都城破，炮殺妖后，天上出現妖魔雲霧嘛。有什麼稀奇，找看全天下就你一個後知後覺。」

「要是如此有什麼稀奇，如果不絕我才不稀罕說。你知道南都裡有什麼嗎？」

「一堆流膿發臭的屍賊、奇形怪狀的倒十字，還能有什麼屁玩意兒。」

其他人聽了紛紛哄堂大笑。

禿頭商人卻不以為忤，仍舊泰然若定道：「非也，說你們沒見識真不為過。那南都有個天庫該聽過吧，天庫是幹嘛的，滿滿的金銀珠寶，告訴你們吧，那些黃金銀子灑出來能淹掉半個商州。」

「別的不說，這話我倒是信，我有個同鄉在大名鼎鼎的霆字營吃糧，聽說天庫裡真的是滿地珠寶，隨便抓一撮都不愁吃穿，那湘軍淮軍多少人馬，運了三天還運不完。」

聽到這兒，碧翠絲忍俊不住，「胡扯，明明運的是狂屍屍體。」

「噓。」蘇我食指碰唇。

這時碧翠絲才發現蘇我也在聽禿頭商人說話。

蘇我當日在天都內與洪秀媜生死交戰，情況最為清楚，那傲視天下蒼生的太平天后豈會為聚斂錢財。況且洪秀媜自詡真主之女，又以創建千年王國為目的，人間財利自不看在眼裡。

但平常百姓喜歡聽故事，蘇我也不多說什麼，任由人去。

有人起了疑問道：「那些狂屍不是不吃不喝，也不蓋房子買華車，聚財何用啊？」

「笨啊你，有錢能上通神仙，下轉地府。」方才還嘲諷禿頭商人的男子，已迫不及待想知道天庫的財寶下落。

「都別嚷嚷，接下來才是精妙之處。」那禿頭商人吊夠聽者的胃口，才滿意地說出故事：「前些日子我不是運批貨到昌城，你們也知道昌城跟我們這裡隔了座大山，我們趕回來的路上，突然一陣風吹來臭味，臭得滿山遍野，我們擰著鼻子慢慢靠近，心裡一個怕。大家都知道妖后雖然被炮殺，但狂屍不絕啊，還打著太平旗號作亂，那臭味一來，我們想到可能狂屍就在附近，立馬腿軟，只敢慢慢摸進，沒想到一湊近就看山麓上橫屍遍野。全是湘軍的人！」

禿頭商人忽然臉孔猙獰，像是要模仿那時看見的恐怖場景。

「湘軍屍體旁躺著一輛輛空車，我們稍微繞了一圈，發現了一小群活口，一個個嚇得失神，話都說不出來。」

「金銀珠寶都被屍賊搶回去了？」

「別急別急，我正要說呢。」禿頭商人喝了一口茶，潤潤喉繼續說：「我們拿出乾糧飲水給他們，又過了一會，響起馬蹄聲，鎮定號的鏢師被嚇得連刀都拿不穩，你想啊連那些有神通的都幹不贏屍賊，憑我們這些蝦兵蟹將能有什麼用。幸好來者舉著『霆』字旗，是霆字營的人馬，為首的黑臉軍爺一來就喝問：『那東西去哪了！』底下的一聽立刻跪地求饒，哭著說：『都被屍賊搶走。』那黑臉軍爺怒氣沖沖走來，我還以為他要開殺戒了，他定定地看著那些存活的湘勇，問：『匪首為誰？』那些人就說：『帶頭的不是屍賊模樣。』」

聽者起鬨道：「誰帶頭不重要，那些黃金財寶去哪了？」

「你們沒聽清楚啊，那一車車都是空的，鬼才知道去哪，不過我聽他們說啊，帶頭的好像是個漂亮女人，不是怪模怪樣的，還有人說見到神通。」

「神通？」

「就說你沒見識，神通都不懂，你同鄉不是在霆字營吃糧嗎？」禿頭商人訕笑道。

「放你個屁，湘軍的老子當然清楚，你說屍賊都是妖魔鬼怪，哪來什麼神通！」

「這就是奇怪的地方。黑臉軍爺一聽完，好像心裡就有底，馬上把那些受傷的湘勇擔回去，還留了錢吩咐我們不能說。」禿頭商人竊笑道。

這番話倒是引起眾人好奇心，一般百姓跟兵勇都把靈識之力喚作神通，也知道靈識厲害者可精感天地，然後喚神。既然突襲湘軍運送隊的狂屍領頭也擁有靈識，甚至有能力喚神，不免讓人猜測有湘軍或淮軍的高階軍官變節。

從霆字營軍官下令封口來看，變節一事就有幾分可信。雖說天都已破，洪秀娘被殺，但太平狂屍仍流竄各地，因此若有不滿湘、淮的軍官反叛也不無可能。

這種流言正中市井小民胃口，因此大家便捕風捉影，說得煞有其事。

「你想那曾帥是地方督撫，又手握重兵，剿賊第一功臣，聲勢簡直比兩宮太后還大，曾帥要是一呼百應，底下的誰敢不應？說不定那幫屍賊領頭的就是不服曾帥才變卦的——」禿頭商人越

說越起勁，大膽

「這話不可胡說，人家渾號『曾剃頭』，莫說屍賊，連與屍賊有染的都擺在市口示眾，殺頭跟摘果子似的，小心被聽見了說你『謀逆』，腦袋不保。」有人做出殺頭的動作緊張兮兮地說。

「老實說這還真有根源，你曉得我有個兄弟在滬港當買辦，前些日子我從昌城回來，我們兄弟倆喝酒時他就告訴我打南都前有人譁變，說是不滿曾帥濫殺。」

「還有這回事？」眾人無不驚訝。

蘇我驀然起身，碧翠絲立刻猜到蘇我要幹什麼，連忙開口制止，但蘇我已經迅速走到禿頭商人面前。

「妾身對先生所說一事甚感興趣，想請先生過來細說。」

「姑娘，你是誰？」禿頭商人狐疑地問。

同桌的看見蘇我身上的佩刀，心裡都感覺不對勁，雖然蘇我笑靨動人，卻透著滲人寒意。

「你不必管，只消告訴妾身你知道的事情。」

禿頭商人也意識到不對，急忙按著腦袋說：「唉呀，我這不喝多了，平素就喜歡講些怪誕話，不知道姑娘是哪路人，還請莫見怪。」

蘇我盯著同桌其他人笑問：「諸位不介意把這位先生借妾身一用吧？」

他們見蘇我外表美艷，但有軍人之儀，又想到禿頭商人方才說過霆字營軍官要求封口，立刻臉浮畏懼，忙推託跟禿頭商人不熟，任蘇我處置。

「你你你們這些人，我只是說些瞎話，姑娘、大人莫怪！」
「妾身不會動你一根寒毛，只是有些疑問想請教。」
蘇我硬是把禿頭商人請到自己的桌位。
「大人，我只是一個行商——」
禿頭商人還想辯解，蘇我解下錢袋，喀一聲放在桌上，抱拳道：「先生，請你把方才的事情說清楚，狂屍的領頭是男是女，知是哪營人馬，使的路數是什麼？」
「大人，這些話都是我從那幫湘勇聽來的，實在沒見到面。」禿頭商人畏懼地說：「我曾替左大人協辦過一批糧，認識左大人的主簿，我們也算同路人，請大人不要為難。」
蘇我解下不動尊啪一聲放在桌上，客氣地說：「妾身已卸軍職，目前只是四方遊歷的閒人，恰好先生所言之事妾身有許多不解，還祈望解答。」
碧翠絲悄悄跟禿頭商人說：「我勸你有什麼說什麼，你眼前那把刀已經不曉得砍掉多少狂屍的頭。」
禿頭商人冷汗直流，僵硬地笑道：「大、大人，那些湘勇說……說什麼來著，哦，他們說：『屍賊領頭的也會神通，叫出一個神將，一刀揮下來就死了幾百人。』他們押貨的總共一千人，轉眼就被殺到不足八十。」
「有沒有女人？」
「他們逃命都不來及，哪能看得清有沒有女人——」

蘇我一雙眼直盯著禿頭商人，再次問道：「有沒有看見女人？」

蘇我自己不知道此時他的神情已變成在戰場上斬殺狂屍的模樣，讓禿頭商人一顆膽快被嚇破。

「有，他們說在那些怪模怪樣的屍賊之間，好像有個女人，還挺漂亮的。」禿頭商人跪地拜道：「大人，我只知道這麼多了，後來霆字營的軍爺命令我不能說出去，其餘的我真的不知道了。」

蘇我趕緊扶起禿頭商人，問：「你在哪遇到的？」

「從昌城回來的路上，歇牛坡。」

「記得清楚嗎？」

「清楚，一定清楚，小的縱有十個膽也不敢騙大人。」

「明白了。」蘇我若有所思道。

這時小二端菜上桌，蘇我放了一錠銀子，收好不動尊，說：「錢在這，菜不要了，分送給其他人。」

「代姊，你要去哪？」碧翠絲可惜地看了眼桌上的菜，只得拿了根雞腿追上蘇我。

禿頭商人跟剛才同桌的這會才敢鬆口氣。

蘇我風風火火走出客棧，碧翠絲迅速移動到他跟前，阻攔道：「代姊，我雖然年紀小，可是我知道你會答應哈勒，是因為你以為辮子頭會出現在京城。」

蘇我沉默不語，閃過碧翠絲。

「代姊，代姊——早知道就不要跟你說辮子頭的事。」

走了一會，蘇我突然停下步伐，向緊跟在身後的碧翠絲問：「小碧，妳是否覺得我很傻。」

「代姊是我見過最聰明的人了，只是不知道為什麼遇到辮子頭就——變得怪怪的。」碧翠絲繞到前面，張開手臂堅定地說：「我們不是跟哈勒說好要去京城嗎？代姊不是最討厭言而無信的人。」

「對不起，我可能要做一回自己討厭的人。」

「可是、就算他們看見的人會喚神，也不代表他就是辮子頭嘛！」

「正因如此，我才要去親眼去看一看。」

「現在去也找不到人啦！不如去京城找哈勒……」碧翠絲看見蘇我堅決的眼神，再說不出勸戒的話。蘇我既已下定決心，一百頭牛都拉不動。

「我想問他那天在天都還沒說出口的答案。」

「就算你早就知道答案也要去嗎？」碧翠絲小聲地問。

「對。況且若那個商人說的屬實，孫起現在肯定是情況危急。」蘇我頓了一下，輕聲說：「還有奧莉嘉，如果她還留在帝國，處境也相當危險。」

張紀昂深知湘軍跟淮軍內幕，只有曾總督和李總兵對他有一絲懷疑，他將對面對巨大的威脅。另外奧莉嘉仍懸賞五十萬磅，五國公使也沒放棄爭奪她的力量，這兩人走在一起注定不會順利。

碧翠絲點點頭，無奈地說：「反正代姊去哪我就去哪，不過代姊要答應我一件事，等聽到答案後就不可以再糾纏了。」

蘇我應承了。他隨後寫了封信並蓋上先前在常勝軍用的印章，託人捎到京城。

※

午後山裡下起大雷雨，把來往昌城跟商州的行旅鎖在山中小店。蘇我跟碧翠絲來到店內，店裡的客人立刻討論起碧翠絲。碧翠絲早習慣被帝國百姓品頭論足，這時她只想趕快坐下吃點東西。

頗有年歲的店主上前替兩人斟茶，不自覺說：「又來一個洋姑娘。」

蘇我立馬攔住店主，問：「您方才說『又來一個』，難不成這裡還有其他洋人？」

「是啊，這方圓百里難得見到洋人，何況是隻身前來的洋姑娘，小老兒不會記錯。其他客人也看見了。」

「可以請您詳細形容那位姑娘的外貌？」

「這個嘛……」店主摸了摸八字鬍，「她沒有姑娘高，但肯定比這小娃兒大的多。」

「金頭髮？」

「是的，黃金一樣的長髮頭，人挺靈秀，一個人安靜地坐在窗邊喝茶。小老兒倒是跟她攀談了兩句，她話說的挺流利，似乎在等人。」

「男人？」

「這我就不清楚了。失禮了，那邊有客人叫我。」

蘇我還想多問些情報，店主便先離去。

「代姊，他說的該不會是奧莉嘉？」

「這片地區甚少出現外國人，想來也不會有其他。」

「既然她在等人，辮子頭真的也在這？沒想到挺好找。」

「若是如此甚好。」蘇我愁眉道。

碧翠絲一眼看破他的煩惱，「代姊擔心那個禿頭說的是真的嗎？」

「總之先問清楚些。」蘇我招呼道：「店東，麻煩來盤瓜子跟好菜。」

不一會店主送上一盤瓜子，兩盤蔬菜，笑吟吟地說：「店小地偏，端不出什麼好東西，但有的是簡便飯菜。」

蘇我拿出一錠金子擱在破舊的桌面。

店主盯著兩眼發直，忙揮手道：「一點飯菜不值這麼多錢。」

「妾身有要事相問。方才店東說的洋姑娘，可否說過其他事？」

「洋人嘛，小老兒不太敢靠近的，也沒多問。哦，倒是那位洋姑娘離去時，說了一刻後將下大雨，說的分毫不差。」

「咦？奧莉嘉什麼時候有預測天氣的能力了？」碧翠絲喃喃自語道：「可是她畢竟是真主賜福之人，有這點能力好像也不奇怪。」

「只有今日見過那位姑娘？」

「絕對錯不了，小老兒也說了這地方甚少見到洋人，何況是年輕姑娘。」

「您可聽說過前些日子歇牛坡的事情？」

「嗄？這、我不清楚。」

店主臉色驚慌，連忙要走。

碧翠絲趕緊拉住他的衣角，「話還沒說完，上哪去？」

「快鬆手。」

「不知姑娘是哪路人？」店主惶恐地問。

「妾身只是想打聽當日之事，絕不會害您。」

店主左顧右盼，細聲地說：「姑娘既問了歇牛坡，必然知道屍賊襲擊的事，那事都司大人下令封口，誰也不准提。」

「那是誰，很厲害嗎？」碧翠絲問。

「霆字營鮑春。」

「是，正是鮑都司。」

「再加一錠金子能否請店東開金口？」

「這不是錢的問題，鮑都司這人——唉，姑娘，您就別為難小老兒。」

「此事茲關重大，妾身必要查清。」蘇我掏出一張蓋有李總兵印的關防，說：「這名號您是認得的，還望店東詳實說明。」

淮軍李總兵親章的關防特別好使，店主驚訝地退了一步，一張臉扭了半張，遮遮掩掩地說：「姑娘裡面說話。」

碧翠絲趁機問：「代姊，你怎麼有那東西，假的嗎？」

「貨真價實。姓李的要我去天都前，怕路上遇到盤問，便蓋了張通行關防。」蘇我小心翼翼收起關防，這寶貝還有用處。

店主把兩人請到後堂，又四處望了望，生怕被人偷聽。碧翠絲喊了店主一聲，要他別磨磨蹭蹭，店主搓著手坐到兩人對面，乾著嗓子說：「這事千萬別說是小老兒傳出去的。鮑都司的性格，姑娘是知道的，小老兒有十條命也不敢冒犯。」

「妾身以命擔保，絕不牽連無辜。店東，當日歇牛坡究竟發生什麼事？」

「其實湘軍被劫不是在歇牛坡，歇牛坡沿山徑再走三十里，是來往商客的休憩處，真正出事的地方叫毒人谷，離歇牛坡有十幾里，湮沒在深山老林，人煙罕至，其實是往昌城的捷徑，只是常有毒蛇猛獸走動，就是最厲害的獵戶也不敢貿然深入。」

「毒人谷？妾身卻是聽說那幫湘勇是在歇牛坡被發現。」

「也不算錯。」店主擦掉額頭的汗珠，顫巍巍地說：「姑娘，這話是我從一位親戚那裡聽來的。那天湘軍押著幾十輛車，卻刻意走毒人谷，我這親戚是個樵夫，跟著一群人從毒人谷上方經過要去打柴，結果聊著聊著一時走錯路，恰好看見他們，接著屍賊就出現，殺了好多湘軍。」

「那位樵夫可曾提起狂屍為首者？」

「提過的。」店主面色難看地說：「那群樵夫正好在說是一個會用神通的人。」

「是男是女？」

「倒是有看見一個漂亮女人，但那時他們嚇得東奔西竄，實際是什麼也沒看清楚。後來霆字營來了，問了緣由，還殺了兩個樵夫警告他們不准說出去。」

蘇我細想店主與禿頭商人的描述頗有出入，禿頭商人並未提及現場有樵夫被殺一事，再說商隊既然也聽見了，不可能沒人被殺頭。若是如此，也難怪蘇我前去盤問時，那名商人會嚇得雙腳發軟。不過依那商人的嘴欠性格，能活著離開霆字營的刀口，恐怕是真的跟湘軍有些來往。

「您在這裡開店，知道的消息肯定不少，這附近是否確有狂屍徘徊？」

「天大誤會啊，姑娘，小老兒真的什麼都不知道，要是知道了老早告訴都司大人。霆字營已經去了附近村莊搜尋屍賊蹤影，但什麼都沒搜到。」

「店東，您說為什麼霆字營這麼緊張，不敢讓事情洩漏？」

「小老兒哪懂軍爺的想法。」店主起身拱手哀求道：「姑娘，我說得夠多了，萬萬不可讓都司大人知道我露口風，否則我……」

店主不敢再說。

「妾身用李總兵的信譽為誓。」蘇我誠心地說。

碧翠絲聽了差點笑出來。

「請問毒人谷往哪走？」

「姑娘莫去，那些車跟屍體全給燒了，去了也只有一堆灰。」

「無妨，還得親自走一遭才是。」蘇我打定主意去毒人谷看看，也許能找些蛛絲馬跡。

至少已能確定這裡有個洋姑娘徘徊。

店主惶恐不安，再三提醒別讓霆字營知道。

蘇我則望著猛烈拍窗的大雨，陷入沉思。

第二章　帝師鐵騎

陣雨停歇後，蘇我告別店主，店主不安地再提醒一次。蘇我好生安撫店主後才帶著碧翠絲上路。

行經歇牛坡，蘇我便知道為何禿頭商人要把事發地點說成歇牛坡，這裡較為平坦開闊，乃來往商旅歇腳的好地方，說湘軍曾在此被狂屍突襲，就算有有心人來尋，也找不到任何蹤跡，只當禿頭商人胡扯。

根據店主指示的方向再走十里路，山嵐漸濃，兩邊密林擁簇，下方煙雲繚繞，盤據了一片，毒人谷正在下方。毒人谷雖然隱密，但上面常有樵夫砍柴，因此只要找到樵夫們平時伐木的路徑，就能順著發現毒人谷的路。

蘇我瞰著那片煙霧，潮濕難行，毒蛇猛獸遍布，縱是往昌城捷徑也沒幾個人敢走。要在此藏有上萬狂屍也不足為奇。

「代姊，霆字營很厲害嗎，為什麼大家都很怕？」碧翠絲拔出軍刀，俐落地砍下擋路的枝椏，樹葉上的露水紛紛灑落，不一會衣服已經沾濕。

「霆字營的鮑春被稱為湘軍第一勇將，一板一眼，做人非常嚴苛，凡是霆字營打下的太平據點，無不經過屠殺。曾降太平，又降回帝國的城鎮同樣無一例外。」

「帝國軍隊怎麼都是這種人，難怪辮子頭寧願投降妖后。」

「倒也不是每個將領都這麼極端，不過鮑春確實很能打仗。帝國內部腐朽已久，守備南方的正規軍頹廢不能戰，一一遭洪秀媜擊破，現在的勝果幾乎都從曾總督組建湘勇得來。」

「辮子頭跟霆字營的誰比較厲害呢？」

「這個嘛，我也不知道。不過他們的目標都一樣。」蘇我只能搪塞道。

「哦，就算帝國真的剿掉妖后，最後也只是變成空殼。」碧翠絲輕描淡寫地說。她爬到一棵粗大的樹枝上，試圖找到往下走的路。

蘇我也不敢妄言，畢竟這個方從睡夢中被打醒的古老帝國事務龐雜，未來肯定還要經歷一番風雨。

「孫起大概也想到這點，才覺得仗越打越遠離初衷。我們國家又何嘗不是風雨飄搖。」

「代姊，你說搖什麼？」

「沒事。」蘇我莞爾搖頭。雖然碧翠絲是個聰慧的孩子，可是帝國的一切又遠超乎她的經驗。

「看到了！再往前七百呎有個地方可以下去。」

「七百呎。」碧翠絲用的是聯合王國的量尺，蘇我則立刻換算成熟悉的度量衡。「兩町。不遠，我們再加把勁。」

山裡黑得快，蘇我打算先到谷裡看個大致情況，再到附近村莊借宿打聽，等明日一早再返回毒人谷。這麼做雖是多此一舉，但蘇我明白村人受到霆字營威嚇，肯定不敢多說，所以他必須先掌握一手情報，才能判別村人的話有多少水分。

兩人攀著濕滑的石頭往下，由於長年潮濕，土堆容易鬆動，蘇我用腳試探了石頭的堅硬度，朝上喊道：「小碧，下來時要注意些。」

「小意思。」碧翠絲一個跟斗往前翻，用軍刀插在懸壁，接著又翻著跟斗，趁勢拔出軍刀，再插進下個落點。這對碧翠絲而言毫無難處，她三歲起就時常跟著家人到野外攀岩，而且她體重本就輕，加上身手敏捷，沒幾下就躍到谷底。

蘇我見狀，也加快動作，不一會便看見碧翠絲向他招手。

「這樣很危險。」蘇我不免唸了她兩句。

碧翠絲調皮地吐著舌頭，收起軍刀。

放眼山煙繾綣，霧氣不開，只能藉雨過天青灑下的淡淡光線認路。毒人谷蘚苔叢生，走來濕濕滑滑，風一拂來霧氣疊覆，眨眼就變了景色，若是誤入谷內，肯定走不出活路。

還沒跨出幾步，眼尖的碧翠絲便在一旁發現累累白骨，蘇我蹲下仔細查看，這些骨頭風化已久，並非湘勇屍首。從上方下來必定有條比較寬的小路，起碼能容一輛馬車通過，否則那些湘勇不可能從懸壁縋下馬車。

「看來還得走一段路。」蘇我判斷道。

好在毒人谷雖然氤氳難以辨路，但兩邊陡峭，能走的路不過一條，只是迷霧隱隱間不知藏著何等凶險。若是碰上成群狂屍出沒，在能見度極低的地形裡很難展開手腳。

蘇我跟碧翠絲之間隔著一把軍刀的距離，方便遇險時能隨即抽刀護衛周身。

「不曉得會有什麼東西出沒，好刺激的感覺。」碧翠絲興奮地撥弄濃霧。

「小碧，妳可別亂走。」

崖上鳥鳴穿過重霧，生命的脆音帶來一絲放鬆。

走了一段路，眼尖的碧翠絲突然衝到蘇我跟前，邊跑邊大喊道：「代姊，那裡有人！」聲音在迴盪空谷，蘇我只能嘆了口氣，才剛提醒過別妄動，沒多久又忘了。幸而碧翠絲看見的人影不遠，他很快就追上。

蘇我拉住碧翠絲的手，躡步行進，看見一個穿著赭色無袖獵裝的年輕女人倒在地上，小麥色的結實手臂和大腿暴露於外，渾身沾滿爛泥。那女人短髮烏黑，腰間別著一把鹿角柄獵刀，頭上戴著鮮豔短羽毛編成的頭環。

在這個毒蛇猛虎隨時都會出現的地方，居然有年輕女人倒在這兒。

「代姊，這傢伙絕對不是奧莉嘉吧，還是她的惡魔之力甦醒，終於想要換行頭。」碧翠絲蹲在地上撥弄鮮豔頭環，笑道：「難道頭髮剪短，髮色也會變嗎？」

「顯然不是。」蘇我搖頭。

倒在地上的女子是洋人模樣，但膚色麥黃，睫毛深長，額頂有明顯的美人尖，臉頰生著些許雀斑，雖也姿容俏麗，但和金髮碧眼、皮膚白皙的奧莉嘉相去甚遠。奧莉嘉的肌膚是如冰雪般，連一絲缺瑕也沒有，最要緊的是這個女子身形強健，跟纖弱的奧莉嘉完全不同。

「她大概是來帝國探險的探險家。」蘇我觀看了女子的情況，判斷道：「嘴唇失血蒼白、體膚略微紅腫，體熱，恐怕是中了蛇毒。方才店東說過此地毒蛇猛獸甚多，可能是不熟路途，誤被毒蛇咬傷。」

「那怎麼辦？」碧翠絲向來最敬佩探險家，因此不禁流露哀憐之情。她緊盯著女人的臉龐，皺眉道：「是紅人？」

「紅人……新大陸的土著？」

蘇我對新大陸有著一定了解。畢竟六年前他的國家被來自新大陸的黑船艦隊強行叩關，造成後續諸藩動盪。

蘇我也到女子面前蹲下端詳，疑惑地說：「以前在道場認識了一位勝先生，他曾去過新大陸，說那裡的紅人相當剽悍，樣貌頗似東方人，而且喜愛配戴彩羽製成的飾品。當時也給我們看了紅人的畫像，不過這個姑娘的臉部輪廓似乎比紅人還深。」

碧翠絲隔空指著女子的眼睛和鼻子，「我有見過真正的紅人唷。三年前有一個紅人酋長來我們國家拜訪，那時候我們家族負責接待，那個酋長戴著很大的羽毛冠，好像一隻孔雀呢。」

「小碧覺得她也是紅人嗎？」

「有點像，可是又不太像。代姊，我們現在要怎麼辦？」

蘇我還想趕緊到事發地點探勘，但又不願撂下眼前的女子，思量後他說：「既然敢來這裡探險，身上應該有解蛇毒的藥。我們來找找看。」

「好。」碧翠絲一口答應。

雖是陌生人，蘇我可不想眼睜睜看著一條人命逝去。

蘇我往女子的腰身摸去，想看看獵裝裡有沒有什麼救命藥丸。

「喂，幹什麼光天化日毛手毛腳。」女子忽然張開眼，縱身躍起，拍掉身上的汙泥。

碧翠絲拔出軍刀指著女子，喝問道：「代姊，這傢伙該不會是狂屍！」

「噓！」女子示意兩人安靜，「小聲點，別讓我的獵物跑了。」

「姑娘，妳倒在這裡是為了狩獵？」蘇我冷靜地問。

「不然你以為呢？」女子理所當然地說。

「我們以為妳被毒蛇咬傷啦，想說妳身上可能帶著藥。」碧翠絲上下打量女子。

「嘿，就算是黃金箭毒蛙也無法傷害我。」女子插著腰，驕傲地說：「我只是故意把自己弄的很虛弱，好讓獵物上鉤，這可是獵人的基本耶，這個也不懂嗎？」

「既然姑娘身體無礙，便不打擾姑娘狩獵。」

「妳是真的紅人嗎，跟我以前見過的不一樣。」

「沒想到這裡有這麼可愛的小女孩，而且帝國語說的好流利啊。托斯卡那一定會很開心。」

女子一把抱起碧翠絲。

碧翠絲急忙掙脫。

女子驚訝地笑說：「哇嗚，好像野兔。」

「妳妳妳幹嘛亂抱別人！」

「抱歉啊，因為我想托斯卡那會喜歡，忍不住就……」女子鞠躬道歉，開朗地笑道：「我叫愛蜜莉．路易斯，有四分之一的紅人血統，爺爺就是『橫貫者』路易斯。」

蘇我沒閒功夫搭理這個自來熟，既然對方沒事，他打算加快腳步，卻沒想到碧翠絲開心地跳起來說：「是貫穿新大陸的路易斯？他是我的偶像。」

「嘿嘿，爺爺也是我的偶像，他一直告訴我要到處冒險，才不會浪費寶貴的生命。」

當碧翠絲報上家門，愛蜜莉也同樣興奮，兩人差點沒手拉手轉圈。

「我們該上路了——」

「這位是代姊，他是整個東方最聰明美麗的人。」

蘇我只好硬著頭皮說：「妾身姓蘇我，名代。小碧，時候不早了——」

吼——突然一陣長嚎震動山谷。

「狂屍！」蘇我跟碧翠絲異口同聲道。

蘇我立刻拔出不動尊，一道火光倏地亮起，「小碧，到我身後掩護。」

「好。」碧翠絲馬上橫舉軍刀。

愛蜜莉闖進兩人陣型中，笑道：「喂，對我毛手毛腳就算了，但絕對不能搶我的獵物。」

「狂屍在前，沒時間分你我。」蘇我警戒地說。谷裡只有一條通道，要是被狂屍前後包夾，就很難逃脫。「且戰且走，回到剛才下來的地方。」

吼聲朝三人闖來，倏地一道龐大身影現身霧後，愛蜜莉卻不慌不忙擋在兩人前方，口裡唸唸有詞，接著伸長右臂。

愛蜜莉的手臂浮現一連串串在一起青銅色塊狀符文，看上去猶如精美的刺繡，符文使強大氣力源源不絕湧現。蘇我見狀不禁放下不動尊，凝視愛蜜莉身上那股神祕力量。

衝破煙霧的不是狂屍，而是一頭橫衝直撞，宛如一個巨大磐石的大山豬，這正是愛蜜莉等候多時的獵物。愛蜜莉拉臂如弓，繼續等待大山豬突進，在山豬的獠牙幾乎要刺到她的身體時，猛然出拳，拳劃開煙霧，清楚的展現攻擊路徑。

拳頭直直擊中山豬鼻頭，一瞬間大肆咆哮的山豬倏地靜止，瞪著眼睛站立不動。

愛蜜莉緩緩收拳，青銅色符文也逐漸消退。蘇我徐徐走到山豬身旁，山豬仍張著眼睛，那一拳似乎毫無改變，連一絲外傷也沒有。

但蘇我一走到山豬眼前，山豬砰然倒地。他摸了摸山豬的身軀，赫然發現骨頭皆被強勁的力道震碎，而且無一例外，拳壓先是打斷頭骨，讓山豬瞬間死亡，緊接著往下碎裂骨頭，直到腿骨斷裂支撐不住這龐大的身軀，山豬也就應聲倒下。

光是僅用一拳就能打碎那身硬若鋼骨的骨骼，便知道愛蜜莉並非普通人。

「霧太濃了，出拳的時間算不太好，不然切下來的肉會更漂亮唷。」愛蜜莉摸著山豬的獠牙，忽然一臉嚴肅地說：「感謝萬靈生長，讓我們能果腹飽食。謝謝你的犧牲。」

「剛剛那是什麼？」

「萬靈的力量。剛剛的祭詞用帝國話來說的話，就是請神靈讓我擁有跟棕熊一樣的怪力。」愛蜜莉笑道。

碧翠絲好奇地繞著愛蜜莉問：「為什麼只有手變成青色的，其他地方也會變嗎？」

「這個不好解釋，反正就是萬靈神奇的力量啦。我等一整個早上，終於可以開伙了。」愛蜜莉抽出鋒利的獵刀，切進大山豬厚實的皮肉，「可以幫我生火嗎，要記得從落葉堆裡的苔蘚當底，不然會因為太潮濕而無法生起來喔。」

「抱歉，我們必須先離開了。」蘇我抬頭望了望，灑下的光線越來越稀薄，他可不想在谷底摸黑睡覺。

「別這麼急嘛，這種現烤大山豬很好吃的喔。」

「代姊，人家剛剛沒吃什麼東西。」碧翠絲嘴饞地看著那頭山豬。

「別忘了我們除了探勘地點，還要找到村莊，要是耽擱了就得在這裡過夜。」

「村莊其實離這裡不遠唷，我昨天還在那裡借宿呢。」愛蜜莉俐落地除掉豬毛。

「妳從昌城方向來的？」

「跟你們是差不多方向吧，前面不是有一條下來谷底的小路嗎，那條小路再往東走一個小時路程就能看到村莊。是村民告訴我谷底能找到這種巨大山豬，所以我才特地跑來等，托斯卡那肯定等我等得不耐煩。」

蘇我趕緊問：「妳走來這裡有發現什麼奇怪之處？例如殘骸。」

「哦，是有一些動物的屍骨，我下來的時有聞到很重的水氣，所以繼續走應該應該有個動物們喝水的水塘。老實說我在這一種稀有的野獸，據說就存在這裡，只要拔到牠的毛就能完成一個心願。」這時碧翠絲已經蒐集好一堆蘚苔根木材，愛蜜莉把刀插在山豬身上，先用溼木材迅速的搭好火架，從獵裝裡拿出打火石，沒多久便升好火，她指示道：「千萬別讓濕氣弄熄火苗，剩下的濕木材烤乾後就可以繼續添加。對了，你們來這裡幹什麼？」

「找人。」碧翠絲護著火苗。

「哦，你們來這種地方找人？」愛蜜莉從兜裡拿出一張摺疊好的油紙，攤開後割下一大塊山豬肉，放在火堆上烤。她莞爾道：「這裡除了狂屍以外，找不到人類吧。」

「妳也知道這裡發生的事？」蘇我詫異地問。

「托斯卡那告訴我的，有一支湘勇在這裡被襲擊，而且剛剛大山豬出現時，你們喊了『狂屍』對吧。」這次愛蜜莉用疑問的眼神打量蘇我，「你們看起來不像湘軍的人，為什麼來找狂屍？別這樣看我，我參加過常捷軍，所以對這些還是挺了解的。」

「哦？」蘇我更驚訝了。常捷軍跟常勝軍一樣是由外國傭兵組成，在打江南的時候取得一定成績，不過實際戰果和名聲沒有常勝軍響亮，第三任指揮官在打天都前便解散軍隊，指揮官本人則投到湘軍大將右今亮帳下。

但常勝軍和常捷軍戰線不同，未曾一起行動過，因此只聞其名，不見其人。

「如此說來，妳與妾身是同行。」都是傭兵出身，蘇我便覺得親切許多，他笑道：「我們來自常勝軍。」

碧翠絲挺直腰桿，得意地說：「代姊就是那位猛如鬼神的蘇我上尉。」

蘇我忍不住搗嘴笑，他可沒聽人說過自己有這麼厲害的稱呼。

「咦？你就是蘇我上尉，殺死山苗跟坤護的蘇我上尉？我很崇拜你呢。」愛蜜莉激動地握住蘇我的手。

碧翠絲嘟嘴道：「代姊剛剛不是自我介紹過了嗎？」

「抱歉，因為大山豬突然來了嘛。沒想到蘇我上尉真的這麼漂亮。」

「當然，代姊可是東方最美麗聰明的人。」

三人都打過狂屍，自然彼此又更相近了。愛蜜莉在常捷軍解散後並沒有回鄉，而是留下來繼續冒險。

「傳說天庫財寶堆的足以照耀天空，你們進去天都的時候有看見嗎？我知道了，你們是為那些財寶才來的吧。」

「可惜不是。」蘇我無奈地搖搖頭，並把淮軍抓狂屍製造長生藥的事情說了一遍。其實蘇我也不確定天庫裡到底裝了什麼，他被碧翠絲帶出城後就一直在療傷，碧翠絲跟哈勒也只看見一車車貨物被運出天都。

「嗄，長生藥？」愛蜜莉簡直不敢相信有人敢吃用腐爛的狂屍肉製的藥，她做了一個嘔吐的動作，疑惑地問：「先不說藥好不好的問題，帝國的人為什麼這麼想長生，活這麼久有什麼好處？萬物都有時序，經由各自的平衡，大地才能永續流傳啊。」

「如果活得不精采，命這麼長根本沒意義。」碧翠絲同樣不能理解。

「愛蜜莉小姐，可以請問妳一直提到的托斯卡那是誰？」

「直接叫我的名字就好，小姐這個稱呼怪彆扭。托斯卡那也跟我一起待過常捷軍，現在我們一起行動，不過她不喜歡狩獵，所以我叫她在村子等。」

蘇我想起在店主的陳述，若是照愛蜜莉的說法，上午在山中小店等人的就不是奧莉嘉了。原以為有了線索，此時卻又斷掉。

愛蜜莉聽完後大驚道：「托斯卡那跑出來找我嗎？糟糕，她肯定氣炸了，明明跟她說傍晚就會回去了嘛。」

「話說回來，你們如果不是來找寶物，那來找什麼？哦，剛剛小妹妹說來找人對吧，找什麼人？」

趁碧翠絲盯著肥滋滋的山豬肉，直言直語還未發作，蘇我先一步回應道：「一個軍官，他也負責押送馬車到昌城，只是途中遭到狂屍突襲，至今下落不明，所以他的家人請我們來找。」

蘇我不想讓人知道他來找張紀昂，以免牽扯出太多誤會。

「哦，你們還幹這個啊。」

「畢竟是一筆不小的報酬。」

「如果是這樣，生還機率很低的，至少我走來除了你們之外還沒看到活人。這裡也不是安全的地方，這兩、三天一直有軍隊巡邏，我猜狂屍還埋伏在附近，不然就是他們在找很重要的東西，假如不是錢，就是你們說的長生藥吧，反正我都沒興趣。」

「至少我們盡力找過，也對他的家人有個交代。」蘇我露出親切地笑容，迅速帶過話題。

※

飽餐一頓後，三人雖然吃了不少，山豬肉仍剩許多，愛蜜莉將剩下的山豬肉切割分裝好，繫成一大捆塞進大布包。愛蜜莉力氣不小，不過數量龐大的豬肉還是太過沉重，於是她唸咒讓雙手布滿青銅色符文，打算用棕熊之力扛回村莊。

「絕對不能浪費食物，否則會被萬靈懲罰。」愛蜜莉說。

「把萬靈之力拿來這麼做沒問題嗎？」碧翠絲笑問。

很快三人已經走離愛蜜莉擊殺大山豬的地方，前方道路漸寬，霧也不這麼濃，朝愛蜜莉所指的方向，果然看見一條小路。蘇我忖那些樵夫應是走這條路下來，並意外撞見湘勇與狂屍作戰的場面。

照此推斷，湘勇被伏擊之地相距不遠。此時天光漸暗，照進毒人谷的光也漸漸黯淡，蘇我嗅到大量屍腐味，絕非動物死亡的味道，可以推斷附近確實發生過戰役。

但必須往小路才能走回村莊，蘇我猶豫了一會，決定先跟愛蜜莉走，反正已記下路徑，明早再過來查找也不遲。

走出小路，盤據毒人谷的被夕陽染成橘紅，往下看彷彿一片色澤溫雅的金脈。三人加緊腳步，不到半個時辰的光景便來到愛蜜莉說的村莊，但照愛蜜莉所說，村子雖不大，也有數百口，向晚時分卻無炊煙，更無人音。

村裡鴉雀無聲，氣氛肅殺，在斜陽照射下宛若鬼域。

愛蜜莉放下豬肉，邊跑邊高聲喊道：「托斯卡那！」

聲音盤桓一陣，卻無回音。

「情況有異。」蘇我沉著地說。

「奇怪，早上出來時還有一堆人，怎麼打個山豬回來人都消失了。」

愛蜜莉帶著兩人到借宿的屋子，仍是空無一人，連她的夥伴也不在。但屋內擺設並未變動，所有行李也安然放在原處。

「代姊，那裡有一隻老鷹。」碧翠絲看見屋內有一頭老鷹正乖巧地停在一張椅子上。

「那是路易，我的好夥伴。」碧翠絲正要過去從後面捉住老鷹，愛蜜莉吹個口哨，老鷹便聽話的飛到她肩上。「路易，你知道托斯卡那跟其他人跑去哪裡嗎？」

碧翠絲還以為這隻老鷹會出乎意料的開口說話，但老鷹只是嗷叫了一聲，便無其他反應，碧翠絲失望地看著老鷹。

「難道狂屍也伏擊這個村莊？」蘇我出門四顧，並沒有發現打鬥跡象，一切跟愛蜜莉出去前無異，只是人莫名消失。

要是有狂屍進攻，那間山中小店裡不可能出現這麼多客人，早已逃之夭夭。除非狂屍是在三人逗留毒人谷時出現。

「要是有狂屍攻擊，徘徊附近的霆字營不可能不出手。」

據愛蜜莉的說法，這幾日都還有霆字營的兵勇沿山出沒，若狂屍真的來了，勢必有一場惡戰。但村莊寧靜的太過詭異。

「代姊，我們去附近看看。」

「情況不明，先以靜制動，要是被狂屍圍住就麻煩了。」蘇我觀察村莊周圍形勢，兩旁有大山阻隔，山勢險峻，狂屍大軍不能依山結陣。

「讓我來。」愛蜜莉胸有成竹的爬到屋頂上，吹聲口哨，路易立刻展翅高飛，嚇壞天上盤旋的燕雀，愛蜜莉唸起紅人獨特的咒語，頓時青銅色塊狀符文從愛蜜莉的眼底爬滿眼窩，她說：「沒有發現任何情況，另一邊也沒有。」

愛蜜莉指揮路易飛得更高。

「妳們有聞到一股甜味嗎？」蘇我用力的吸了口氣。

「咦？這麼說好像真的有耶，可是這種窮地方不可能有糖果吧。」碧翠絲嗅了嗅，蹲在地上尋找甜味來源。

愛蜜莉從屋簷上跳下來，自信地說：「不管是視覺還是嗅覺，交給我準沒錯。」

接著不只眼睛，愛蜜莉的臉布滿青銅符紋。

「喂喂，妳這樣一心二用沒問題嗎？」碧翠絲疑問道。

「別小看紅人的生存本領，我可以像棕熊一樣強壯，也能看的跟老鷹一樣遠，還有野兔般的嗅覺。」

「好啦，好啦，倒是快用妳的動物能力找出味道來源。」

「遵命，我可愛的小豚鼠。」愛蜜莉繞了一圈。

「怎麼可以稱呼海盜爵士的子孫為豚鼠！」碧翠絲抗議道。

「小碧，注意聽四周，有沒有發覺不尋常的動靜。」蘇我緊盯著狹林，心頭浮現不祥之感，他向來對危險感到敏銳。

風吹林間，不聞鳥鳴，的確很怪異。碧翠絲按住腰間軍刀，狂屍肯定就在這裡，但放眼望去卻無蹤跡，連盤旋在天上的路易也沒收穫。

太奇怪了。

「喲，我找到了。」愛蜜莉從地上捻起一指頭黃色液體，「這是油嗎，甜甜的。」

「硝化甘油……那些怪物從哪裡弄來這個？」碧翠絲訝異地說。

「嗄？這不是融化掉的麥芽糖？」

「笨蛋，怎麼可能啊！」碧翠絲解釋道：「這是超容易爆炸的東西耶！」

愛蜜莉一聽趕緊將指頭上的油甩出去，碧翠絲見狀已經來不及制止，極易作用的硝化甘油一碰到地面便產生爆炸。

這一聲引來狂屍咆哮聲盤滿山崗，路易朝山道出口方向猛力振翅，蘇我迅速拔出不動尊，喊道：「靠背結陣，由妾身當頭。」

「不愧是蘇我少尉。」愛蜜莉崇拜地說。她喚回路易，將青銅符文攀至雙臂，聚起熊之力。

碧翠絲靠在蘇我右側，伏低身子，左手握住刀柄。由於她的軍刀跟身高一樣，一般站立不動的情況很難拔出來，因此她習慣先蹲低身體，再向上跳轉身拔刀，趁轉動的慣性快速斬殺眼前所有目標。

三人彼此靠成一個圈，守在村莊中間，狂屍的聲音環山遍繞，地面震動不安。

「來了。」蘇我說。

數百狂屍從山道出口湧入，宛如天降神兵，另一邊險要的山上也亮起一面太平大旗，正是驍將扶堂的旗號，驀然出現的狂屍擋住了西落的夕陽，似乎宣告大地即將陷入黑暗。

但蘇我擔心的不是兩面夾擊的狂屍，而是灑滿地面的硝化甘油，蘇我當了幾年傭兵，自然知道這種物質有多不穩定，但在之前跟太平天國的戰事裡卻甚少見過這種昂貴的火藥製成物。

難道天都陷落後，他們才把壓箱寶拿出來？怎麼想都不可能。

更奇怪的事情發生，那些狂屍像是不知道地上有硝化甘油似的，毫無避讓直衝而來，轉眼間四周連環爆炸，蓋過狂屍的怒號，並滯止不前。

一名胸前烙有「天」字的狂屍頭領察覺情況有異，制止隊伍繼續衝鋒。

蘇我見狂屍亂了陣腳，也露出不解的表情，若不是太平天國的殺手鐧，莫非是紮營在附近巡邏的霆字營設下的陷阱？不過帝國軍隊應該無法取得這麼大量的硝化甘油，並且有辦法布置的如此巧妙。

蘇我雖然疑惑，但此時正是好時機，他下令道：「慢慢移開。」

扶堂眼見只有蘇我等三人，發出低鳴，讓隊伍趕緊撤退。

兩邊已無心交戰，都小心翼翼撤出可怕的陷阱。

當狂屍準備往山口移動，忽然傳來一聲巨響，峭壁倏地炸毀，瞬間黃土漫天，藏在炸彈裡的黃色煙霧噴發出來，讓人看不清方向。爆炸擋住退路，加上視線模糊，前後軍頓時撞在一起，讓狂屍更加焦躁。

愛蜜莉的聲音傳到兩人耳中：「上尉，小豚鼠，你們別擔心，跟著我。」

碧翠絲沒時間抱怨，只好拉住愛蜜莉的衣服隨她移動。

愛蜜莉在煙霧裡行動自如，相反煙霧讓扶堂無法發號施令，近千名狂屍一團混亂，只能朝某個方向衝，但地上虎視眈眈的硝化甘油很快就把那些莽撞的狂屍炸成肉塊。

在混亂的情形下，三人能不戰就不戰，以免陷入包圍，愛蜜莉順利躲開狂躁的狂屍和危險的炸藥，很快來到被亂石土堆封住的出口。蘇我要移動迅捷的碧翠絲先爬上去，再來是讓愛蜜莉跟著，自己則在下方殿後。

「石堆上有人！」愛蜜莉喊道。

「是敵是友？」蘇我問。這時候要是來個像皎天那樣的太平將領，情勢恐怕會更渾沌。

只見濃濃黃煙間出現一道巨大黑影，如一棵巨樹矗立亂石之上，蘇我立刻將碧翠絲拉下來，那身形哪裡像人，十之八九是太平將領。

巨大黑影昂首大喝，聲音宛如同時敲擊數十道戰鼓，狂屍剎那停止躁叫，全朝向聲源靜了下來。這讓蘇我感到不安。

驀然黑影化作數百名騎著高頭大馬的重甲騎兵，他們穿著鮮豔棉甲，頭戴缽胄，肩掛弓體巨大的滿弓，腰懸箭囊，下方吊著一把順刀。這些騎兵臉色陰黑，只露出一雙白濬陰森的眼睛，蹄不著地，人不出聲，一字排開俯衝而下。

如鬼魅般的騎兵先是集體拉弓，蘇我立刻緊握不動尊，這幾百支箭漫射下來，怕是他一人也擋不住。

令蘇我詫異的是他們射箭竟無聲響，若不仔細盯著，還以為箭矢消失在空中。蘇我沒時間多想，躍到兩人跟前砍下飛箭，未料飛箭直穿過不動尊，蘇我立即迴刀擋住胸前，但箭徑直透過他的身體，接著數百箭猶如虛物透過三人。

後方傳來的慘叫聲才讓三人意識到這並非幻境。三人轉身察看，那些飛箭確是凶狠穿透狂屍堅硬的軀體。

這時煙霧漸散，扶堂看見了那些古怪的騎兵，立馬下令重整隊伍，殺向亂石堆。箭射兩輪，騎兵已衝刺至蘇我的位置，然而數百騎兵如暗影般穿過，拔出順刀與後面的狂屍激戰。

「上尉，剛才他們穿過我們了？」愛蜜莉不敢置信地上下摸著自己的身體。

「他們是陰兵，虛渺無蹤，可以穿透人體，但也可殺人。」

「陰兵？溫迪哥？」愛蜜莉不禁抖著身子說：「剛剛他們吃掉了我的靈魂！」

「什麼？」

「代姊，溫迪哥是紅人傳說中吃人靈魂的怪物啦。」碧翠絲揚起嘴角，發現有趣的事，怪腔怪調地說：「我看到妳的靈魂缺少一塊了。」

「哪裡？在哪裡？祖靈保佑，山靈保佑！」愛蜜莉趕緊在身上胡亂摸著。

「但並非中原地區以血獻祭的陰兵，而是來自帝國發源地的薩滿儀式，薩滿可以透過儀式進入『人神』狀態，藉此召喚屬靈世界的古代勇士，能一次操控這麼多陰兵，可見那位薩滿來頭不小。」

「何止來頭不小，身體也不小啊。」碧翠絲說。

煙霧消散，揭露立於亂石上的身影，那人身長一丈，身形如同一棵大樹，頭戴紅臉怒顏的鬼頭面具，強壯的身體披戴綴滿彩色鳥羽的厚甲，持著一把氈杖，胯下是一頭全副武裝的火紅色大馬。

那人輕輕搖動氈杖，數百騎兵立刻變換陣型。他們靜靜執行殺戮任務，更像是訓練有素的刺客，按照指令收割敵人，用沉寂襯托戰爭的殘酷。狂屍的吼叫威嚇猶如蜉蝣，馬蹄跨過那些醜惡的屍塊，直到斬殺所有擋在眼前的障礙。

中原陰兵通常是名將憤死後為了他日報仇，或者保護帝王陵寢，才以自身之血養陰兵，是殺一隻便少一隻。薩滿進入「人神」後，陰兵不只刀槍不入，即使被斬殺也能再次復活，但這種儀式便是與天借力，一旦陰兵受傷或消散，操縱的薩滿將會受到更劇烈的傷害。

「好大隻的溫迪哥——」愛莉蜜差點沒被嚇暈。

「代姊，那傢伙怎麼看都不像人吧？」比皎天還魁梧的身板，無處不散發鬼氣，簡直是從地下竄出來的鬼王。

「他是人，錯不了的。」蘇我收起不動尊，「他正是掌握帝國最強精銳騎兵的統帥，帝國鐵帽子王獅僧。」

第三章　聯合部隊

「結束了唷。」

煙塵逐漸沉澱，黃煙消散無蹤，狂屍被陰兵鐵蹄踐踏在底下。

「妳是誰？」蘇我問道。他打量突然出現的少女，少女留著一頭整齊的金色捲短髮，配著一支圓形眼鏡，左眼角有顆淚痣，膚色偏黃，穿著青花瓷色的軍服，打綁腿，腰間配戴一把柯爾特輪轉手槍，揹著皮製的方形大背包，看起來英姿颯爽。

「安格拉．俾斯麥。」少女將兩隻手合成長方形，對著蘇我一絲不苟地說：「大和打扮，身高目測五尺九寸，戰鬥過程不慌不亂，冷靜調度。您是常勝軍的蘇我代上尉，久聞名聲，幸會。」

「喂喂，妳從哪裡跑出來的？」碧翠絲跳到兩人中間插嘴道。

「我一直都待在上面觀察你們，只是被獅王爺給擋住。」

「妳在手上面抄了小抄嗎？」碧翠絲湊近安格拉，好奇地盯著她的手。

「靠我太近很危險的喔，德瑞克小姐。」安格拉放下手，豎起拇指指著背包，「裡面裝著大量很多化學物質跟矽藻化炸彈，這些東西很不得了，要小心。」

碧翠絲將嘴張成口字型：「不愧是霰彈王最引以為傲的珍貴武器，果然是移動實驗室。」

「妳聽過這位姑娘的名字？」蘇我問。

「當然，她是鐵血相的姪女，被大家稱為難得一見的天才，跟一群大叔在實驗室研究炸藥，輸出的硝化甘油世界最多的，不用說地上的東西一定都是她搞的鬼。」

「過獎。吾王陛下已繼位三年，已非親王。」

「真是的，一點玩笑也開不起。」碧翠絲嘟嘴道。

「所以他不是溫迪哥吧？」愛蜜莉壓住碧翠絲的肩，顫抖地問著在上面觀望的巨大男人。

「妳還在糾結這個啊？」碧翠絲發出一陣怪笑，「其實他是帝國土生土長的溫迪哥唷。」

「啊——」愛蜜莉緊緊抱起碧翠絲。

「放、放開我啦，妳這個怪力女！」

「不行啊，溫迪哥最喜歡吃掉含有祖靈之力的靈魂！」

「廢話太多了。」亂石上傳來一聲高亢沉穩的叫喊，獅僧駕著坐騎飛躍下來，搖了一下氈杖，陰兵倏地化作風沙。「抓上來審問。」

愛蜜莉趕緊拖著碧翠絲躲到蘇我身後。

「抱歉。」安格拉推了推眼鏡，走到奄奄一息的扶堂跟前，方才陰兵對狂屍趕盡殺絕，唯獨故意留扶堂殘命。

扶堂渾身血傷，幾乎無法動彈，仍吃力地想用殘肢撐起枯瘦的身體。

安格拉肩膀一斜，背包便移到胸前，她迅速找出一管藥劑打進扶堂體內，接著套上橡膠手套。

「這東西不會要你的命，為了怕你途中死去，我必須先做緊急處理。」安格拉蹲在扶堂身旁麻利地處理傷勢，以質問的口吻說：「雖然你不能動，但是聽覺跟視覺都沒問題，現在你是五國公使團的俘虜，帝國任何軍隊依規定不能處置你，只要你願意配合，五國公使可以保證你的性命。」

聽見五國公使團，蘇我才想起安格拉的軍服上有聯合臂章，那是五國列強為了保護在內戰膠著的帝國進行外交工作的使者，特別從各國菁英選出的聯合部隊，有別於一般常備軍與傭兵，聯合部隊擁有崇高榮譽，忠貞且戰力驚人，誰膽敢對公使團出手，根據五國簽訂的條約，他們將會毫不留情出手。

「好奇怪。」蘇我不禁喃喃道。

「對啊，居然在幫狂屍療傷，難道她跟奧莉嘉一樣也是超級虔誠信徒嗎？」

「嗯嗯。」愛蜜莉下巴壓在碧翠絲頭上。

「不，那姑娘既是聯合部隊的人，怎麼會跟獅僧一起。」

「有什麼不對嗎？」愛蜜莉驚恐地說：「果然他就是土生土長的溫迪哥吧！」

「幾年前聯合王國和波拿巴王朝共同對帝國開戰，後來三方商討停戰合約無果，當時鎮守京城的獅僧抓了外交團共三十多人。」

「這麼說來——」愛蜜莉跟碧翠絲想起都耳聞過這件事。被抓的人甚至有聯合王國最高級大使，因此震驚諸國，也是在此之後五國列強才組成聯合部隊。

積弱不堪的帝國竟然做出這種行為，引起很大的影響。雖然最後俘虜平安釋放，五國公使團對獅僧也有所忌憚。再說聯合部隊的職責只有保護五國使者，不可能插手帝國內部戰爭，因此身為安格拉會跟獅僧走在一塊打狂屍便相當令人費解。

這些跡象表示五國公使團內部發生問題，所以被迫於帝國共同合作。

「路易斯小姐，麻煩妳過來幫我壓住這裡。」安格拉說。

「咦，妳認識我啊，原來我這麼有名，嘿嘿，可以跟托斯卡那好好炫耀一下。」愛蜜莉高舉手，興沖沖地跑過去。

「這傢伙沒救了。」碧翠絲看著身旁高大陰森的獅僧，昂首插腰問道：「鬼面具，你們救那個狂屍要幹嘛？」

「抱歉，獅王爺，小碧年紀尚小，不懂禮貌，請見諒。」蘇我趕緊說。

「無妨。」獅僧看向蘇我，紅色鬼面具裡傳出相當沉靜的嗓音，「聯合王國已經命令戈登少校解散常勝軍，常捷軍在更早前也解散，三位為何出現於此。」

「等等，就算常勝軍解散了，不代表人家不能在這裡閒晃吧？到是你們抓狂屍回去該不會又要煮長生藥？」碧翠絲堅持獅僧回答剛才的問題。

用狂屍調劑長生藥雖非祕密，可不管怎麼說都是帝國不會輕易啟齒的問題，蘇我只能抓住碧翠絲的腋下，將她抱到另外一側。

從那張恐怖的鬼面具下看不出獅僧的表情，蘇我確實很怕他生氣。這並非他超乎想像的巨大體型，或是鐵帽子王的爵位，在聯合戰爭結束後，帝國前任的豐皇帝駕崩，朝廷情勢驟變，獅僧則引兵入京抄殺顧命八臣，迎兩宮太后垂簾聽政。

獅僧不只掌握帝國最精銳兵權，也是政治核心，可謂帝國重臣。要是惹怒了這樣的人物，當然能不招惹便不招惹。

「若二位無事，可盡早入京，戈登先生在京城等你們。」

「不勞王爺費心，只是我倆尚有事要辦。」

「只要不妨礙本王，無妨。」

「但是妾身也想借扶堂一用。」

「哦？」獅僧一個疑問便讓空氣緊繃起來。

連天地不怕的碧翠絲也不禁嚥了口口水。

「妾身不敢隱瞞王爺，妾身正在找尋張……奧莉嘉的下落。」

「何種理由都無所謂，本王不與你們討價。」

碧翠絲還想說些什麼，蘇我立刻摀住她的嘴巴。

「你們要做什麼本王不干涉，但妨礙本王，便休怪無情。」

「是，感激不盡。」蘇我頷首。獅僧絕非信口開河，這人連公使都敢擄走，怎會將一個流連海外的傭兵放在眼裡。

此時安格拉起身脫下沾滿腥血的橡膠手套，如軍人般直挺挺的向獅僧報告道：「獅王爺，已經處理完畢。」

獅僧策馬走過，一把便將扶堂抓至馬背上。

愛蜜莉急忙退回到蘇我身後。

「回營。」

「請等一下。」蘇我喊道：「聽聞霆字營在附近巡邏，妾身是想他們應該也等著捉捕扶堂，詢問不久前被劫的貨物。」

「哼，區區小蟻，不入本王之眼。」獅僧根本不把湘軍跟淮軍放在眼裡。

愛蜜莉悄聲問：「你們剛剛好像聊得很熱絡。」

「我們打算跟獅王爺一起走，愛蜜莉小姐呢？」

「嗯，問的好，跟著你們好像挺有趣的。」

「我們可不是要去遊歷，況且妳不是要去捕異獸，還有妳的夥伴還不知人在哪裡。」

「請放心，反正我要找的目標又不曉得會在哪裡出現，說不定走著走著就有收穫囉。我會叫路易留下信號給托斯卡那。」

「代姊，帶著她上路不方便吧？」碧翠絲小聲地說。

蘇我沉吟一會，帶著不熟識的人一起行動難免綁手綁腳，可能會為旅途爭添意外風險。他思索著如何婉拒充滿活力笑容的愛蜜莉。

愛蜜莉笑道：「而且托斯卡那很擅長問話，說不定可以幫你們從太平將領那裡得出什麼線索。」

「反正旅途漫長，多個人也熱鬧些，請多指教了。」蘇我

「代姊真是碰上辮子頭整個人都無法思考。」碧翠絲暗暗抱怨道。

「這樣就可以跟可愛的小豚鼠一起行動囉。」愛蜜莉摟住碧翠絲轉了一圈。

「放開我啦，笨蛋怪力兔子！」

※

獅僧的騎兵營地就在昌城附近，除了獅僧外，尚有兩千精騎。自帝國王室征服前一個王朝，原本剽悍的軍隊紛紛驕縱腐敗，兩個世紀後幾乎無戰鬥能力，連太平天國之亂也只能仰賴湘淮軍等地方勢力協剿，獅僧率領的精騎是帝國為數不多的直屬精悍部隊，說是帝國命脈也不也過。

高大威武的守營士兵遠遠見到獅僧，便豎直腰背，神色不敢馬虎。

獅僧停在營門前，說：「蘇我上尉，本王營規不留女眷，你等可隨俾斯麥少尉往城內投宿。」

「但妾身還有事找扶堂。」

「屍賊未醒，留之無用。」獅僧乾脆地打發蘇我，逕自馱著扶堂進營。

看著戍衛兇惡的神情，可見獅僧軍規嚴厲，他們是別想踏進一步。

「蘇我上尉，請跟我來。」

「那就麻煩姑娘了。」

「上尉，我更希望你稱呼我為少尉。」

「明白。」蘇我的軍職是哈勒為了讓他方便調度常勝軍才臨時贈的，常勝軍解散後，他也就回歸原先的浪人身分。安格拉跟獅僧不可能不知道這一點，但兩人明顯刻意保持距離，蘇我深諳這點，也不好多說。

昌城為該省省會，由於位於帝國中央，形成多省要衝，是重要戰略地，十年前曾被太平軍攻陷，之後湘軍建立，洪秀媜又移師東進，攻克前朝都城，改名天都。

昌城作為九省通衢，繁華自不在話下，這讓喜愛熱鬧的碧翠絲一進城就想到處瞧瞧。雖說狂屍部隊潛伏在外，但城外有獅僧的騎兵駐紮，加上號稱湘軍最具戰鬥力的霆字營也在附近徘徊，這裡的居民仍是一片安樂景象。

三人隨安格拉來到一間裝修華麗的客棧，掌櫃見到安格拉，立刻上前殷勤招呼，又看見三人，鞠躬哈腰一樣不少。

安格拉背後是五國公使團，現在又和鐵帽子王合作，恐怕整個昌城沒人敢不給面子，蘇我他們也順受雲露，全被請到上房好生伺候。

愛蜜莉跳到絲綢被上滾了一圈，開心地說：「絲綢比我想的還要柔軟滑順，能在這裡睡覺實在太奢侈了。」

「還好啦，這裡比我的房間還小。」碧翠絲推開愛蜜莉，「而且妳的房間明明在對面，不要弄髒我跟代姊的床！」

「抱著柔軟的絲綢被子跟軟軟的小豚鼠一起睡一定很舒服。」愛蜜莉摸著碧翠絲漂亮的麻花辮，又掐著她軟綿綿的臉頰。

「才不要，人家只跟代姊睡。看招！」

兩人玩得不亦樂乎，蘇我則坐在精美的花窗旁呆呆盯著外面。

接著兩天蘇我都前往城外大營打探消息，但得到的回應都是扶堂未醒，安格拉則是足不出戶，整日窩在房裡頭不知搗鼓什麼。

這日碧翠絲意外早起，她披頭散髮起身，揉著眼看著待在花窗旁靜靜讀書的蘇我，溫煦安宜的晨光輕輕映在蘇我精緻的妝容，花窗的投影也成了陪襯他美麗的裝飾。

碧翠絲坐在床上，晃著腳丫子欣賞著蘇我的臉蛋身姿，她永遠都不知道蘇我是幾更就起床梳洗，整整齊齊漂漂亮亮的坐在那兒。

「今天好早起，現在才七點。」蘇我莞爾道。

「難得說好要出去吃早餐，有些睡不著，不過代姊到底有沒有睡覺啊？」

進昌城時，碧翠絲就念念不忘人潮絡繹不絕的小舖子，纏了兩天蘇我才決定帶她去嘗鮮。其實蘇我明白碧翠絲是希望自己能多出去走走，別老是心事重重的樣子，蘇我也感到愧疚，一路上碧翠絲想盡辦法讓他打起精神，這趟路才不顯得沉重。

「當然有。」

「今天還要去鬼面具的大營嗎？」

「去過了，說是扶堂已經醒來，獅王爺正在審訊。」

「那我們直接進去吧。」

「妳忘了那天跟獅王爺的約定，必須等他先審訊完。」

蘇我笑著走到碧翠絲身後，綰起那頭褐髮，慢慢編成好看的麻花辮。

「他要是騙我們呢？」

「安格拉小姐也在，獅王爺沒必要騙我們。」

「書呆子一定跟鬼面具在密謀什麼，我看我們直接殺進去好啦。」碧翠絲提議道。

「記得我說過『欲速則不達』。」

「哪有，代姊只要是辮子頭的事都衝得比閃電還快。」

「呵呵，有這麼誇張嗎？」蘇我嫣笑道。

碧翠絲看著蘇我在鏡子裡笑容，聳肩道：「代姊什麼都好，唯獨對辮子頭就……唉。」

「等小碧長大了，說不定也會理解呢。」

「人家才不會變成那樣。」忽然碧翠絲在鏡子裡看見一個人影，喊道：「是誰？」

碧翠絲轉過頭，發現是愛蜜莉站在門口，鼓著嘴問：「誰叫妳偷聽的！」

「早安。」

「早，蘇我上尉今天也是一樣漂亮。」愛蜜莉笑道：「我剛剛就站在門口，不是說好早上集合嗎？」

「那起碼出個聲音！」碧翠絲拖著綁到一半的頭髮衝向愛蜜莉。

「抱歉，抱歉，本來想等等再過來，但好像聽到你們再討論張紀昂——」

「妳認識孫起？」蘇我問。

「也不算認識，只是在打狂屍的時候曾跟淮軍一起作戰，那時候我們在紹城被圍，情況真的非常危急，狂屍就像斬不完的草一直生出來，當時我還在想是不是要回到祖靈身邊。」提及先前的戰役，愛蜜莉相當雀躍，她比手畫腳表示那場攻城戰有多麼驚險。

「然後呢？」蘇我雙眼緊緊盯著愛蜜莉。

「四周都是狂屍惡靈般的叫聲，他們像是要啃咬我們的靈魂，眼看最後防線就要守不住，就在這個時候，突然殺進一支部隊，我還怕那是狂屍的援軍，沒想到帶頭的是個非常勇猛的帝國人。」愛蜜莉站到凳子上，雙手在空中揮舞，「他有這麼高，拿著一把大桿子刀殺入重圍，一刀一個狂屍，就像炮彈一樣砸破狂屍築城的牆。而且他忽然身體冒煙，然後就出現一個臉紅通通的、全身散發金光的巨人，一下子就斬死對方將領。」

愛蜜莉所說的確實都符合張紀昂的特徵。

「然後？」蘇我迫不及待地問。

「那個人就是昂字營營官，真的是非常帥氣的人物。」愛蜜莉邊說邊點頭。

「是啊。」蘇我贊同道。

「停，辮子頭的神氣事蹟就到這裡為止。」碧翠絲把愛蜜莉拉下凳子。

「可是聽說攻下南都後張紀昂就消失了。」愛蜜莉皺起眉頭，看著聽得如癡如醉的蘇我，疑惑地問：「該不會你們要找的人就是他？」

「快走開啦！」

「小碧，沒關係的，我們又不是做偷雞摸狗的事情。」

「但是為什麼你們要找他，難道蘇我上尉喜歡張紀昂嗎？哈哈。」愛蜜莉摸著後腦杓大笑，但看見蘇我臉上一抹嬌羞，「我說中了？」

「不甘妳的事。」

「原來蘇我上尉喜歡張紀昂，這裡的情形好像變得很複雜。」愛蜜莉的笑容瞬間僵住，眼裡閃過一絲不安。

碧翠絲看見她有趣的表情，抱著胸，斜眼問道：「喂，妳這隻兔子該不會也發情愛上辮子頭吧。」

「怎麼會呢，雖然張紀昂的英勇表現很帥，可是我對他一點興趣也沒有。」愛蜜莉連忙搖頭。

「真的嗎？」

「當然，如果我說謊，就讓溫迪哥吃掉我的靈魂。」

碧翠絲繞著愛蜜莉一圈，想看看是不是能找到更有趣的事情。

「既然人都到齊，等我幫綁好小碧的辮子，我們就上街吃早飯。」

「好耶，人家一直想聞到街角的傳來好香的味道，而且那邊每天都排好多人，一定很好吃。」碧翠絲乖乖地坐回鏡子前。

愛蜜莉湊到一旁，看著蘇我精巧的手藝評論道：「蘇我上尉的手真的很巧，絕對是內外都能打理的超厲害類型，簡直把某些人澈底壓在地上。」

不一會功夫綁好辮子，三人收拾好東西準備出門，經過安格拉的房間時，蘇我提議找安格拉一起去。

但愛蜜莉神色凝重地說：「說到這個，其實我根本不敲她的門，前天我本來想問她要不要一起吃點心，結果就聞到一股化學藥劑的味道，要是踏進去了說不定整棟飯店都會被炸成灰燼。」

想到毒人谷把狂屍炸上天的硝化甘油，她認為最好不要輕易闖入。

「代姊，不要管那個書呆子啦。」比起硝化甘油，碧翠絲可不想熱臉貼別人的冷屁股。

「人多熱鬧嘛，再說我們還得請安格拉小姐幫忙呢。」蘇我微笑道。

「好吧。」想到獅僧那一關可能要靠安格拉的協助，碧翠絲便走到安格拉的房門口敲道：

「喂喂，裡面的人睡醒沒，出來吃飯。」

「小碧，這樣太沒禮貌了。」

「就是說啊，而且妳不怕這樣敲門會爆炸。」

門伊伊呀呀打開，安格拉穿著深藍色睡袍，頭上戴著深藍色眼罩走出來，裡面飄出一股刺鼻又香甜的味道，蘇我瞥見桌案上擺放了一堆玻璃試管，以及各色溶劑，讓人好奇她在房裡幹什麼。

「抱歉，安格拉小姐，吵到妳睡覺，妳要跟我們一起出門吃早飯嗎？」蘇我按住碧翠絲的肩膀，輕聲問。

「請叫我俾斯麥少尉。」安格拉低頭看著碧翠絲，「德瑞克小姐，房裡有些東西不喜歡太大的動靜，這些東西很不得了，要小心。」

「一般人才不會在客棧做炸藥實驗。」碧翠絲白眼道。

「安格——俾斯麥少尉，既然妳醒了，要不要一塊上街？」

「正好實驗也告一段落，請等我換衣服。」安格拉關上門。

愛蜜莉呼了口氣，「為什麼跟她說話總有一種要爆炸的感覺。不過我好像沒看過她吃飯。」

回想起來，三人吃飯時似乎都沒看見安格拉的身影，也沒見到有人替她送飯。

「說不定她每天都咕嚕咕嚕的喝下試管裡化學藥劑，其實她的真實身分是個炸彈人。」碧翠絲邪笑。

「如果是真的會不會搖一搖就爆炸了。」愛蜜莉捏著下巴，想像著安格拉飲下五顏六色液體的畫面，「為什麼一點都不覺得衝突。」

「哈哈哈，好像很有趣，等下我從後面推她試試看。」

「咦，要是爆炸了怎麼辦？」

愛蜜莉跟碧翠絲窸窸窣窣，對安格拉充滿猜想。蘇我正要提醒她們別說得太大聲，安格拉已經穿著那套深藍色軍裝站在兩人背後。

「兩位討論的挺開心。」

「沒有，我們只是在討論大野牛的肉到底好不好吃。」愛蜜莉尷尬笑道。

「走吧。」安格拉對蘇我說，然後轉頭看向兩人，「我在做實驗期間是不吃飯的，畢竟很危險，要集中精神盯著。」

安格拉悠悠走下樓梯，愛蜜莉撓了撓頭，說：「她是不是在生氣啊？」

「重點是一般人才不會在客棧做化學實驗。」

「別說了。」蘇我催促兩人趕緊跟上安格拉。

※

小吃鋪跟客棧在同一條街上，位於一個轉角處，用竹竿高掛著一個大大的食字。幾張桌子早已坐滿客人，街旁也有不少人或站或蹲，手拿一碗豆漿跟燒餅在閒聊。

安格拉卻不停張望，臉色有些緊張。

「老闆，請把全部的東西都上一份。」碧翠絲充滿活力地喊道。

「好哩——洋人？」個頭矮小的老闆看見四個臉孔各異的洋人，差點沒打翻手裡的豆漿。

「代姊，我們去站在那裡吃好了。」

「德瑞克小姐，站在路邊吃飯未免不符合妳的身分。」安格拉皺眉。

「我才不管。」

離蘇我他們最近的一桌客人立馬吞掉剩下的燒餅，趕快結帳走人。

碧翠絲看見有位子坐，迅速把軍刀丟到桌上，「這裡是我們的囉。老闆，麻煩你快一點，肚子好餓啊。」

看傻眼的老闆連忙稱好，將爐子上的燒餅油條全裝盤送上桌。

一旁吃早點的人們都對著四人竊竊私語，但又不敢四目交接。

「被盯著吃飯的感覺好奇怪……」安格拉望向那些拚命看他們，卻又閃躲他們視線的人們。

「喂，在客棧裡做化學實驗的人才奇怪吧，而且妳來這裡這麼久，還沒習慣嗎？」碧翠絲問。

「我沒有在街邊吃過飯，這種感覺簡直是被盯著看的實驗小鼠。」

「呵呵。」蘇我掩嘴笑道。

「請問你笑什麼？」

「抱歉，只是沒想到俾斯麥少尉日常的一面還挺平易近人的。」

「嗯嗯，其實還滿可愛的。」愛蜜莉附和道。

安格拉不太喜歡那一雙雙充滿好奇的眼睛，下意識用手掌撐起桌子想要離席，蘇我溫柔地按住安格拉的手，親切地笑道：「沒事的，他們只是覺得我們很新奇。」

「我沒有害怕。」

「代姊也沒說妳在害怕啊．既然不怕，就別囉嗦快點吃。」

「我才不怕。」安格拉重新坐好，端起碗送到嘴邊。

見安格拉放鬆下來，蘇我浮起一股許久沒見的親切感，那是在戰事不這麼緊迫時，他跟張紀昂、奧莉嘉、碧翠絲還有哈勒一起享用簡單的下午茶，午後微風吹拂，一夥人說說笑笑，敲散平素的沉重，一向嚴謹的張紀昂也難得露出輕鬆的微笑。

碧翠絲吞下酥脆的油條，問：「喂，妳跟鬼面具合作肯定是有什麼任務吧，很重要的那種。」

「不好意思，這是機密，恕我無可奉告。」

「就知道妳會這麼回答。」碧翠絲鼓著臉說，「老闆再來一份！」

安格拉將燒餅切成好幾塊，慢條斯理地送入嘴中，她看著蘇我問：「說到這個，一直聽聞蘇我上尉的身手很好，我可以推薦您進聯合部隊。」

「謝謝妳的好意，不過聯合部隊要求嚴苛，恐怕妾身一介浪人不適合。」

「不，蘇我上尉為國奉獻的情操與精神讓我很感動，能跟您並肩作戰是我的榮幸。」

「過獎了。」蘇我倒是聽得害羞起來。他很少提及在家鄉勤王失敗而被迫流亡海外的故事，但由於他在前濱戰爭的風頭，以及幕府大動作尋求外交引渡，都使他名聲遠播。

「我並非說客套話，而是相當敬重您的情操，您為了祖國的改革奮戰，我也為我國民族統一而努力。」安格拉突然站起來，語氣鏗然，眼神彷若燃燒星火。

蘇我在家鄉學習各國歷史時，便聽說安格拉的祖國致力民族統一，她的伯父被國王提拔為宰相後更發表慷慨激昂的「鐵血演說」，不惜以武力達成目標。

因此為了大和而獻身攘夷勤王的蘇我可說是安格拉追逐的目標。

「書呆子怎麼突然熱血起來了。」

「因為聊到感興趣的話題吧。」蘇我莞爾道。

「真是有夠悶騷。」碧翠絲吐槽。

「蘇我上尉，我誠摯歡迎您加入，以後有閒暇我也想向您請教國家大業。」

「謝謝妳，不過妾身暫時還想維持自由之身。」蘇我示意她坐下說話。

「站著會很引人注目唷。」碧翠絲說。

安格拉聽了趕緊坐下，用眼角餘光查看是否還有人盯著她看。

「多吃點，這兩天都沒看妳用餐。」蘇我掰了一半油條遞到安格拉的盤子。

安格拉恭敬地點頭，說：「因為做實驗繁忙，所以我請服務員將飯盤放在門口。」

「是嗎？我看妳是怕被陌生人盯著，才藉口說要做什麼實驗吧。」

「胡說！這個實驗是關於如何更安全運送硝化甘油，對於世界發展非常重要。」安格拉紅著臉。

「那邊大概有幾十個人眼睛都不眨一下的盯著妳看耶，是不是想跟你搭訕啊。」碧翠絲故意誇張地扭動臉。

「閉嘴啦。」

看著安格拉慌亂的眼神，碧翠絲得意地大笑。

這一刻彷彿世上太平萬物無爭，可諷刺的是正因世道紊亂他們才聚首於此。

此時一陣咆哮聲打破難得的美好時光，一個腰粗臉肥的大個子帶著十多人從對面就扯著嗓子開罵，一路罵到攤子前。

老闆連忙放下夾子，卑屈躬身笑迎這群惡煞。

「臭老頭，你欠的錢什麼時候才還！上次說過再不還錢，你就別想開這舖子。」大個子粗鄙地推開老闆，在他眼裡老闆簡直就是隻瑟瑟發抖的老鼠。

吃飯的人心照不宣掏出銅錢扔在桌上，默默離去。

「大爺，我要是不擺攤，拿什麼還您的錢？」

「教訓到我頭上了？沒錢是你的事，反正你還不出錢就不准在這裡擺攤。」

「請再寬限小的幾天吧……」

「去你媽的，左一個寬限兩三天，右一個寬限兩三天，老子乾脆把借條全燒了。」

碧翠絲臉一沉放下筷子，按住腰間軍刀，蘇我立即制止道：「且慢，不可貿然出手。」

老闆跪在大個子面前，哭求道：「小的一定還錢給您——」

「夠了，廢話我不愛聽，我看你家的小女娃還算有姿色，興許能賣個好價錢。」

「阿翠才十二歲……」

「你老頭還有臉討價？」大個子揪起老闆，怒目道：「當初是你求老子把這塊地租給你開舖子，老子也爽快答應你了，現在哭爹哭娘的給誰看？」

「可、可是您要的租金太高了，不然小的不擺了。」老闆顫抖道。

「不租也行，但租契寫得很明白，一旦承租就要付十兩黃金，你自己也按押了。」

「當初說了是十個銅錢……」

「租契就是這麼寫的，叫你女兒等著，老子晚些就去接。」

「求求您再寬限小的一段時間——」

「滾開！」大個子狠踹老闆一腳。

四人都聽明白了，大個子仗著老闆不識字在租契上動手腳，但就算老闆告到官府，恐怕也沒有下文。

「帝國正是因為官欺豪壓才導致人民投往太平軍，打了十四年，這些人依然不知悔改。」安格拉緊皺眉頭，「不思團結，愚昧自私，就算倚仗列強打贏狂屍，也改不掉那些爛到骨子裡的事情。」

「很簡單，上去揍他們一頓。」

「根據公約我們不能插手該國國內事務。」

「我又不是聯合部隊的人。」碧翠絲刷然起身。

「妳這個九歲小鬼不要把外交事務想的太簡單。」安格拉嚴肅地說。她看向著蘇我，至少他會明白隨意干涉糾紛的嚴重性。最好的方法是請當地官府出面解決，這樣才不會被那些看洋人不順眼的官員抓到把柄。

「可是我這個人不管幾歲都討厭仗勢欺人的混蛋。」愛蜜莉也收起笑臉。

「等等，俾斯麥少尉說的沒錯，我們不能輕舉妄動。」蘇我的話讓安格拉鬆口氣，但緊接著蘇我又莞爾道：「但妾身本來就不是善守規矩之人。」

「真主也不會干預不是嗎？」安格拉還想說服三人。

「真不巧，妾身不信真主。」

「別看我，祖靈才是我堅實的力量。」

「真主歸真主，碧翠絲歸碧翠絲。」

碧翠絲首先發難，跳到桌上喝道：「那邊的醜臉怪你已經打擾本小姐吃飯的心情，要是識相的最好快點滾。」

愛蜜莉跟蘇我也起身站在兩側，隨時都能開戰。

「爺，是洋人啊。」大個子的手下趕緊拉住他。

「哼，幾個洋女人能興什麼風浪，洋人又怎樣，別忘了老子背後有誰。」大個子指著碧翠絲猥笑道：「長得倒挺不錯，也能說我們的話，抓起來賣到洋妓館，肯定能大賺一筆。」

碧翠絲如疾風移動到大個子面前，一拳將人打翻在地。

「上，全抓回來！」大個子吼道。

「代姊，可以嗎？」碧翠絲問。

「要小心分寸，別把人打死。」蘇我抱胸笑道。

碧翠絲和愛蜜莉立刻衝上前，成千上百的狂屍她們都不放在眼裡，何況區區十多個潑皮，三兩下便將這些人處理乾淨。

一下子街道旁便聚滿圍觀人潮，他們發出驚嘆，暗暗竊喜總算有人出手教訓。

「媽的，一群洋婊子也敢踩老子的地頭！」鼻青臉腫的大個子從袖子裡亮出一把小型德林格手槍。

安格拉瞬間掏出自己的配槍射向大個子，子彈劃破長衫，大個子也在驚慌中對空鳴槍，德林格手槍沒有保險跟扳機護圈，一上膛很容易就擊發子彈。

見雙方開槍，街上看熱鬧生怕遭受波及全鳥獸散。

大個子被嚇得一楞，安格拉繼續快速射擊，連續幾發都巧妙劃破大個子的衣物。安格拉奪走那把手槍，冷冷地說：「聽著，以五國公使團聯合部隊的身分我不能對此事做任何干預，但是在俾斯麥家族成員面前仗勢欺人絕不能輕饒。」

大個子踉蹌退了幾步，縮在隨扈的組成的保護圈內，叫囂道：「他娘的，一個個都別跑，老子馬上叫官府來捉妳們！」

安格拉舉槍指向大個子，「如果你真的這麼有法治精神，就先從改變自己的陋習開始。」

「那麼閣下是想找巡撫大人，還是總督大人，正好能讓妾身看看是誰跟你狼狽為奸。」

「蘇我上尉，這件事請交由我負責。」

蘇我頷首，要打得正酣的碧翠絲和愛蜜莉停手。畢竟他跟碧翠絲還有愛蜜莉的身分都是一般外國人，雖然朝廷忌憚外國人，但百姓豪強可不吃這套，更何況蘇我還被自己的國家通緝中，萬一落人口實便不好，因此後續讓身為聯合部隊的安格拉處理最為妥當。

「死老鬼，請些洋人來助陣是吧，等上官府就是老子的地盤，這下老子算是跟你沒完。」

「幾位洋姑娘快點住手吧，求求你們了……」在老闆眼中蘇我他們只是異國過客，出完氣可以毫無顧慮離開，但他這樣的草根黎民是扳不過地頭蛇的。

兩方正各自盤算時，一道陰影籠罩在蘇我等人上頭。

戴著紅鬼面具的獅僧領著貼身護騎環顧劍拔弩張的兩派人馬，鐵帽子王陣仗一出，圍觀百姓都各自逃散，只敢躲在遠處觀看。

大個人見是獅僧，立馬要手下跪在地上。

「蘇我上尉，這事不勞費心，本王自會處置。」

「有勞了。」

第四章　天靈地蘊

獅僧特意大張旗鼓進入巡撫衙門，並招來巡撫和布政使，當著他們的面重懲大個子並撕毀租契。蘇我敏銳地嗅出兩個關鍵，其一大個子敢這麼囂張必定是與當地衙門有掛勾，而邑城早是湘軍勢力，獅僧正好藉此舉滅湘軍威風；其二也賣給安格拉面子表示誠意，畢竟安格拉背後代表的是五國公使團。不過獅僧此舉明顯更重於前者。

之後一行人移到衙門後堂休憩，巡撫和布政使退下後，獅僧吩咐親衛把守門口，不讓任何人進入。獅僧脫下懾人的鬼面具，安坐在巡撫大椅上。

蘇我直覺獅僧必定有其他來意，但他正細細打量獅僧的真面目，臉型並無想像的橫肉暴戾，倒有幾分英宇，眼神像一團永恆不滅的火，又直又長的劍眉如刀一般俐落劃開與其他人的距離。

躲在蘇我身後的愛蜜莉也仔細瞧著那張與專吃靈魂的邪靈不同的臉孔，不過即使如此，她還是不敢直視獅僧。

安格拉向獅僧行了軍禮，致歉道：「抱歉，添增您的困擾。」

「無妨，偶爾也得讓奴才們明白誰才是主人。」

安格拉面露難色，明顯不喜歡獅僧的說法，可是出於禮貌，她只是在一旁沉默不語。

蘇我看出安格拉尷尬，便說：「獅王爺特地來一趟，應該不只是特地來處理糾紛，是否與扶堂有關？」

「狂屍雖是皮厚骨堅，但本王也曾讓幾個賊將求死不得，那廝倒是漢子，打得只剩一口氣，還是一字不說。」獅僧承認。

蘇我本就認為扶堂沒這麼輕易能問出情報，現在證明了他的猜想，這也表示要套出張紀昂的事情更加艱難。他並不在意聯合王國公使被綁去哪裡，只是扶堂一直咬死不說，這樣獅僧更不可能把人交給他審問。

「本王聽說有個擅長問話的洋人，或許能助一臂之力。」

「說到這個，怪力女妳的夥伴什麼時候才會到啊，都已經兩天了耶，就算是烏龜迷路也沒爬這麼久。」碧翠絲說。

「這個，托斯卡那可能途中繞去其他地方了吧，因為我也還沒收到路易的消息。」愛蜜莉眨了眨眼，避開碧翠絲的眼神。

「我怎麼覺得有點奇怪，是不是隱瞞了什麼事情啊？」碧翠絲挑了挑眉。

「哈哈哈，哪有需要隱瞞的地方，我只是在想如果托斯卡那可以早點來就好了。」

「用妳的『眼睛』不就可以看到啦，妳要是耽誤了代姊的時間，我就拔掉妳的眼睫毛。」

「路易斯小姐，這件事攸關聯合部隊，希望能請妳的朋友加快腳步。」

「哦，書呆子都開口了，看來公使團肯定跟帝國有陰謀。」碧翠絲咕噥道，她催促著愛蜜莉：「反正怎樣都好啦，不要拖延我跟代姊的事情。」

愛蜜莉頷首，唸起紅人祖先亙古流傳的咒語，青銅符文從眼角展開。蘇我雖不想給人壓力，但他確實著急尋找張紀昂，也期盼愛蜜莉的夥伴盡早趕來。

只見愛蜜莉集中精神，透過路易的眼睛查看相距不知多少多遠的地方，安格拉和獅僧盯著她靜靜等待結果。

「代姊，怪力女的能力好方便耶，不管那隻老鷹離多遠，都能進行偵查。」碧翠絲悄聲道。

「確實，情報就是戰場先機。」

「可是我總覺得她在隱瞞什麼，不對，應該說連書呆子他們也有陰謀。」

蘇我點了點頭，「反正彼此不妨礙便好，又何必在意呢。」

安格拉會跟五國公使團忌憚的鐵帽子王走在一塊本來就有貓膩，但蘇我並不想探究，至於愛蜜莉想尋找何種珍禽異獸他更是一點興趣也沒有。

他凝視著神色凝重的愛蜜莉，只忖趕快結束尋人之旅，得到張紀昂親口說出的答案，不管最後如何，他都能坦然接受，也只有如此他才能放下牽掛。

但愛蜜莉一直盯著緊閉的大門，眼睛始終沒有眨一下，看得碧翠絲眼都痠麻了。

「好了沒？妳的老鷹該不會已經變成獵人的下酒菜吧？」

「別胡說，路易跟托斯卡那在一起。」

「那叫她快點來啊！」碧翠絲不耐煩地說。

「她、迷路了，老毛病。」

「難道她還待在毒人谷走不出去，把這裡的位置傳給老鷹，讓牠帶那個路癡來昌城。」

「反正就是這樣，等妳喔。」愛蜜莉似乎在跟另一邊說話。

接著盤據愛蜜莉眼角的青銅文字迅速消去，愛蜜莉這才眨起眼睛。

「怎樣？」碧翠絲作勢要拔愛蜜莉的眼睫毛。

愛蜜莉一下被四雙眼睛夾攻，特別是從正面掃射來的獅僧，即使沒有戴著鬼面，獅僧的氣息仍讓她感到不安。

「沒問題啦，我已經跟路易說好了，很快就會把托斯卡那帶來。」

「真的？半天還是一天？」碧翠絲逼問道。

「就是很快嘛，畢竟蘇我上尉還要忙著找張紀昂，我怎麼敢耽擱啊。」愛蜜莉莞爾道。

「妳笑的很假耶，還有不要提辮子頭啦。」碧翠絲嫌棄地看著愛蜜莉，這個話題一開下去，蘇我又會半歡喜半惆悵地講個不停。而且蘇我不想隨便提到張紀昂的事情。

安格拉卻驀然僵住，眼睛如寒冰般冷冷地直盯蘇我，氣氛立刻降至冰點。

愛蜜莉擔憂地看著四周：「發生什麼事了？」

最可怕的是坐在大椅上的獅僧也收緊眉頭，散發一股肅殺之氣。

「喂，幹嘛臉色這麼難看，該不會——妳喜歡辮子頭吧！」碧翠絲大笑。

「我想知道蘇我上尉是張紀昂的盟友嗎？如果您知道他的下落，希望您可以坦白告訴我。」

安拉格沒有理會誇張的笑聲，而是沉靜地走到蘇我面前，如一道冰牆帶來天寒地凍。

「事情好像變得有點複雜……」愛蜜莉自覺地遠離神情詭異的安格拉，最好也離獅僧越遠越好。

蘇我彎著眉頭，忖著這兩人多半是為了張紀昂才聯手而來。應該不只為此，單一個張紀昂不可能引起聯合部隊注意——

「在南都陷落後不久，聯合王國的公使被一支狂屍祕密劫持，當時保護公使的隨扈部隊全遭殺害，因此聯合部隊下令由我跟獅王爺合作營救公使。」安格拉像是審問疑犯似的盯著蘇我，「說的更明白一點，我們認為張紀昂參與了綁架公使的行動。」

事情發展急轉直下，不久前吃著燒餅油條的安樂氛圍一下幻滅，安格拉如臨大敵，似乎隨時能引爆背包裡的藻化炸彈。

「請等一下，孫起他破城後的確不見人影，但他最討厭狂屍，根本不可能跟太平軍共謀，又怎麼可能綁架公使——」

「若我情報無誤，張紀昂與妖后洪秀媜締約時，蘇我上尉您也在現場，也就是說他是狂屍的一份子，他不只是帝國的背叛者，更煽動『惡魔』奧莉嘉，根據公約，任何意圖使用奧莉嘉惡魔之力者都將被視為五國的敵人。」安格拉嚴厲地說：「張紀昂跟奧莉嘉一樣，都是五國公使指定要犯，所有協助他們的人都將被當成從謀。」

「李總兵親耳向妾身說兩宮太后要幫孫起加官晉爵，怎麼可能變成要犯？」

「哼，江淮俗夫口蜜腹劍，不過想藉機誘出張紀昂好向朝廷邀功。」獅僧起身，緩緩走來，那張慍怒的臉孔與龐大的身形帶來巨大威壓。他走到安格拉身後，充滿殺氣的身影吞噬蘇我。

碧翠絲連忙拉走蘇我，站到兩人中間，她凝重地看著安格拉說：「代姊只是要找辮子頭問些事情。」

「我當然相信蘇我上尉不會襄助狂屍。」

「妳的眼神可不像相信我們。」碧翠絲說。

「端看蘇我上尉怎麼回答。」

「證據呢？拿出辮子頭抓走公使的證據啊！是因為他曾經為了不讓奧莉嘉爆走殺死那些淮軍而跪在妖后面前，還是他阻止淮軍將狂屍屍體拿來煉長生不老藥？」碧翠絲激動地指著獅僧，「幹嘛不懷疑那傢伙，說不定是他搞的鬼！」

「妳的懷疑很有道理。當天存活的活口看見一個著白衣的金髮洋女，還有一個男的。」獅僧繃著臉俯視他們，「若你們想要物證，本王這裡還有當時找到的令牌，妳若認字可以親眼查看。」

獅僧從盔甲衣袍裡丟下一個令牌，碧翠絲雖然帝國語言說的很流利，不過字認的不多，因此看不懂令牌上的字。

蘇我盯著地上的令牌一語不發。

「蘇我上尉與張紀昂的交情屬於私人範圍，但要是您牽涉到此事，甚至知情不報，就會成為五國的敵人，按照五國在帝國臨時條約，任何協助狂屍的外國人都將無條件捉拿，甚至擊斃。」

「妳講話真有意思，信不信我比妳的子彈還快。」碧翠絲哪容別人威脅蘇我，她壓低身子，握緊軍刀。

「這把輪轉手槍是我個人改進過後的後進填彈型，膛線經過改造後初速可至千分之三秒，因此以正面出刀的方式絕對無法出勝。」

「代姊，這傢伙講話比辮子頭加上奧莉嘉還討厭耶，我可以動手嗎？」

「妳先離開，不要插手。」蘇我輕聲勸開碧翠絲。

碧翠絲還想說些話，但蘇我的眼裡閃動著不解與憤怒，這表示那個令牌真的是張紀昂所有，她只好摸著鼻子退到一旁。

「蘇我上尉，我以聯合部隊代表身分詢問，您尋找張紀昂是否與脅持聯合王國公使一事無關？」

「張紀昂勾結屍賊，目無皇天，國之惡賊，蘇我上尉要是與其合謀，皆時莫怪本王手下無情。」

不說五國公使團，湘、淮軍地方勇營戰功輝煌，任期威望和勢力發展，到頭將威脅到朝廷，因此代表朝廷利益的獅僧絕不會放過用張紀昂挑起事端的機會。

「既然你們口口聲聲說是孫起幹的，那麼妾身的動機也由你們決定吧。」

蘇我真的動怒了。

「代姊……」

上一回她看見溫柔的代姊發怒時，是張紀昂差點被自己人弄死，這次不管抓走公使的事有沒有誤會，蘇我都不會輕易饒過安格拉和獅僧的態度。

「你可見過他因為救不了自己弟兄的自責模樣，你可看到他一心救國救民，與狂屍征戰連命都能不要，最後竟換來一句『目無皇天，國之惡賊』？」蘇我用拇指推起刀鞘。

「本王勸你打消這個念頭。」

「蘇我上尉，要是你出手了就等於跟張紀昂同謀。」

「那又如何？」蘇我冷笑，不動尊發出滲人寒光，「反正我也是國之惡賊，配他正好。」

「有趣。」獅僧哼了一聲。

拔刀便是宣戰，已無轉圜餘地。要講和，無疑要承認張紀昂就是綁走公使的賣國惡徒，事態發展至此，蘇我絕無講和的打算。

躲在後邊的愛蜜莉緊張地問：「現現現在該怎麼辦啦？」

「誰叫妳提到辮子頭！」碧翠絲踢了一腳身旁的罪魁禍首。

「我不知道大家對張紀昂的反應這麼大啊。」愛蜜利無辜地說。

這件事確實不能怪愛蜜莉，誰能想到各路冤家齊聚一堂。

「代姊平常都很冷靜，可是遇到辮子頭的事根本無法阻止……」

眼前的陣勢要是打起來，非得把巡撫衙門拆成廢墟，說不定還要殃及昌城大街。但安格拉並沒有做出任何應戰準備，於公她必須排除所有可能的犯人，於私崇敬蘇我的她根本不想與之開戰。

可現在蘇我的行為形同挑釁，要是沒旁人在倒能裝作沒看見，問題是獅僧那一雙盈滿殺氣的眼睛都看得一清二楚，更何況這裡是巡撫衙門，裡裡外外都是帝國的人，安格拉要是不出手，到時傳到五國公使團耳裡絕對交代不過去。

碧翠絲看出安格拉在猶豫，但最麻煩的是另外兩個，獅僧跟蘇我的實力她都見識過，一旦兩人出手旁人根本無法插手，冒然阻擋肯定會遭受池魚之殃。

「報，屬下急報！」

門外赫然傳來獅僧親衛的聲音。

「何事？」

「營內傳來消息，扶堂已醒。」

「走，待本王回去再審。」

親衛卻待在門外不走。

「如何？」

那親衛既聽到獅僧情緒不好，卻仍執意要奏報，一定是有要事。

「稟告王爺，那賊要見先前和王爺一起回來的蘇我代。」

「哦？」

「因事關緊要，否則屬下也不敢打擾本王。」

碧翠絲直接打開門，把獅僧的親衛拉進房裡。她一臉慶幸總算有人來把破僵局。

看見獅僧跟蘇我對峙的陣仗，樣貌威武的親衛也不禁一顫。

「說。」獅僧瞪著他。

「是……」親衛恭著身說道：「聽聞那賊說只要見到蘇我代，就肯說出公使下落。」

碧翠絲突然覺得事情不對勁，質問道：「代姊又沒見過扶堂，你們該不會想栽贓代姊什麼事情吧。」

「這是營內的人所說。」

「抱歉，我可以打岔一下嗎？」愛蜜莉舉起手跑到眾人中間，「既然大家都想找張紀昂，這時候應該要合作，團結力量大。」

「說的好。」碧翠絲暗暗給愛蜜莉豎起拇指，她瞥見安格拉也偷偷鬆了口氣。

「蘇我上尉，這件事還不算完。」獅僧說。

「妾身正有此意。」蘇我迅速收起不動尊，順手砍塌身後的太師椅。

※

扶堂被數條粗大的鐵鍊鎖在地上，只能仰著頭曝曬在烈日之下，金黃色的軀體已曬脫一層皮。

「本王已帶人來。」獅僧瞥了眼蘇我。

「你就是蘇我代？」扶堂虛弱地問。

「正是。」

「其他人都走，我只跟他談。」

「別想玩花樣，現在他也是綁走公使的疑犯。」獅僧的親衛在門外守候時已聽到堂內發生的事，如今傳言已流滿大營。

「別亂說話喔！」碧翠絲抗議道。

「嘿嘿嘿，你怎麼不把整個湘勇淮勇都當疑犯，正好遂了你的心。」

「你這賊徒！」獅僧的親衛衝上去踹了一腳。

「無妨。交給你了。」獅僧制止親衛，轉身離去。

碧翠絲等人也跟著離開，只剩下蘇我看著奄奄一息的扶堂。

蘇我拔刀，在地上劃出一個大圓，「只要有人進入這個範圍，我的刀會毫不客氣。」

尋訪多日，總算能問到線索，只是沒料到最後還是引起風波。但蘇我不在意被誰當成敵人，他相信張紀昂還是憂國憂民、願解百姓於水火的蠢蛋。正因為他信任張紀昂，就算遭到唾棄也要起身捍衛。

他俯視扶堂滿是傷痕的臉龐，「告訴我，孫起——張紀昂是否參與歇牛坡劫車？」

「對，他，那個淮營來的也在，他是天后的義人。他帶著天后的羽翼，殺得好，那些湘勇該死，背地裡幹壞事。」經歷毒人谷大戰，加上被嚴刑拷問，扶堂此時思緒並不清晰，說話也有些顛三倒四。

只要能問出消息蘇我願意耐著性子聽。

「他在哪？」

「霍山……他們都在那裡，洋人使者，義人，天后的羽翼……」

「霍山？」

「嘿嘿嘿，你不問為何我只告訴你？」

「妾身只想知道孫起下落，其餘怎麼著都好。」

「蘇我代的確是好漢子，皎天說的沒錯，天后需要個好漢子。」

要在以往蘇我肯定先賞他一巴掌。

「若要招攬妾身大可不必。」

「去霍山你就能找到你要的，還有他們要的。」

「孫起真有參與綁走公使的事情？」

「有或沒有都無所謂，義人，反正他早就逃不開，犧牲的卒子，只有天后才是真正歸屬。」

蘇我靜下心分析當前情況，獅僧跟五國公使團要張紀昂的目的皆別有用心。

帝國定是想趁機弄大事端，好找名目收拾湘淮這些地方兵勇，若進一步推想，李總兵當時急切找尋張紀昂，絕非讓他加官晉爵，更不是逮他邀功，畢竟以李總兵的狡猾早看出朝廷心思，就算送出張紀昂也不會改變朝廷想壓制地方兵勇的事實。如此說來，李總兵找張紀昂必有其他用意，只是蘇我猜不到那幫人葫蘆裡賣什麼藥。

至於五國公使團的想法便一目瞭然，不為別的，就是認定他們垂涎已久的奧莉嘉在張紀昂身旁。

「去霍山。」

「獅王恐怕會認為是陷阱。」

這時扶堂沉默不語，失神似的呆看著天空。

「誰敢走進此圓，刀不留情。」

獅僧站在圓外，肅然道：「話已說完，難道你還有留戀？」

「霍山。」

「本王明白了，請你先回去休息，大軍開拔之時，本王會再請你到軍中。」

蘇我正眼不瞧獅僧，逕自離去，碧翠絲她們已在營外等候。他沒看見安格拉，碧翠絲也不提，只是牽起他的手回城裡。

回城路上蘇我說了張紀昂跟奧莉嘉在霍山的事情，碧翠絲懷疑這可能是扶堂設下的陷阱，但蘇我反駁道：「不會，扶堂當時在毒人谷中伏，並無機會聯絡，孫起他們肯定在霍山，但很明顯扶堂想引我過去。」

「不行——」話音未落，碧翠絲就住嘴了，望著蘇我沉靜的側臉，她明白就算那裡有刀山火海蘇我也會跳進去。

「抱歉，蘇我上尉，我沒想到事情演變成這樣。」愛蜜莉跑到蘇我面前懺悔道。

「沒事的，該來的早晚會來。」

「不行，為了表達歉意，晚餐就由我來準備。」愛蜜莉活力十足地在蘇我身旁繞來繞去，興致高昂地說：「我感覺這附近的樹林裡有很多寶貝，給我一點時間就能獵來美味大餐。」

「留給下次吧。今天妾身很高興，當然由妾身作東。」蘇我笑容嫣妍，神情若飄盪蒼穹的白雲般瀟灑。

「咦？可是我明明搞砸了……」愛蜜莉慢慢停下腳步，一臉不解。

「妳看，妾身這不是得知了孫起的下落嗎，有什麼比這個更開心的。」蘇我轉過頭笑道。提到張紀昂，那一抹嫣然更顯風華旖旎。

「蘇我上尉真的很喜歡張紀昂呢。」

「代姊就是這樣嘛，反正她沒怪妳就是了。」碧翠絲走到愛蜜莉身後踢了一腳，大叫道：

「可是人家沒原諒妳喔，害人家嚇了一大跳。」

「小豚鼠竟然敢偷襲我，看我怎麼獵妳。」

碧翠絲靈活地躲過愛蜜莉，一面對著蘇我笑道：「代姊，剛剛出城不是有看到一個很大的市集嗎，我有看到很適合你的頭飾唷，我們去逛逛吧。怪力女妳是不是吃太胖啦，動作很慢耶。」

「別小看我從小在山裡訓練出來的速度！」

兩人樂此不疲地玩著你追我跑，笑聲如春風吹化蘇我一身寒冰。

方入夜，蘇我在下榻的客棧訂了偏靜雅間，讓店家上來一桌好酒好菜，三人在雅間裡談笑風生，聽著愛蜜莉在新大陸的趣聞。蘇我臉上溫柔地笑著，心裡則忖著霍山之行，扶堂此番從漢州回師救天都，當帶大量人馬，但毒人谷中伏只被殺數百，足見霍山還藏著大批主力部隊。

此去霍山必是前途險峻，即使到了霍山，獅僧的騎兵團定會引起騷動，又如何順利見到張紀昂？蘇我思忖一會，最好的辦法還是挾持扶堂入山，但扶堂豈會乖乖合作，何況挾扶堂去無疑縱虎歸山，獅僧自不會同意這個險計。

這時咱啦一聲引回蘇我的注意，原來是愛蜜莉飲了兩杯酒後，麥黃的膚色一下變成紅燒，見碧翠絲還要上前斟酒，連忙想起身阻止，卻不甚打破瓷盤。

「紅人不是都很會喝酒嗎，別丟族人的臉啦。」碧翠絲還是追著愛蜜莉跑。

「別亂說，在白人進來之前我們祖先根本沒喝過酒。」愛蜜莉逃到蘇我身旁，「蘇我上尉，快叫她住手啊！」

「小碧，不可以強迫人喝酒。」

「人家還想說怪力女喝完酒會出現很有趣的事情。」

「只會吐的到處都是啦，黏糊糊的很噁心，而且我的酒量特別差，族人都不讓我喝酒。」

「真沒意思。」碧翠絲悻悻然坐回位子上，轉而恭敬地替蘇我倒酒。

蘇我莞爾，一口飲下，起身掃掉地上的碎盤子。

「我問妳，要是代姊真的跟臭面具還有臭書呆子打起來，妳要幫誰？」

愛蜜莉坐到蘇我身邊，認真思量了一會。

蘇我卻厲聲道：「妳們都不准插手。」

「包括人家嗎？」

「對。這是我自己的事情，妳們絕不可以牽涉進來。」

碧翠絲嘟起嘴說：「可是人家想幫代姊嘛，對吧怪力女。」

「雖然不是很清楚，但我對張紀昂印象不壞。」

「這可不是在戰場上殺狂屍，或是教訓地痞這麼單純。一旦牽扯了，便是與帝國和五國為敵，妾身早已被幕府當作亂臣賊子，也不怕多招惹一個多一道通緝。」碧翠絲說到底是聯合王國的貴族，她再倔強豪爽，也必須照著大國外交的路走，怎麼樣也不能讓她跟祖國對立。至於愛蜜莉更是此事毫無瓜葛，蘇我自不想牽涉無辜。

「不對，蘇我上尉的情況乃是革新救國，依我看蒙昧不前者才是真正禍國殃民。」安格拉不知何時拉開門站在三人面前。

碧翠絲瞪著那身深藍色軍裝，諷道：「請問妳是特地來讓飯菜變難吃的嗎，講話有硫磺味的書呆子。」

「來者是客，請坐。」蘇我依然維持禮貌的笑容，只是再冷靜他終究是個人，還是個陷入感情的癡情種，發生了那樣的事情，態度也不可能像先前那般好。

「我猜妳走到這裡起碼花了半小時。」碧翠絲說。

「不就是樓上樓下的路嗎，哪需要這麼久？」愛蜜莉斜歪著頭問。

「因為她會怕被外面那一桌桌陌生人的視線殺掉啦，對吧？」碧翠絲露出惡笑。

安格拉頓時羞了臉。

蘇我拿了一個新的酒杯放在安格拉的位前，提起酒壺準備倒酒。

安格拉趕緊坐下說：「抱歉，我不喝酒。」

「吃點菜吧。」蘇我替她夾了一大塊清蒸魚肉到盤裡。

氣氛瞬間尷尬起來。

「嗯……」安格拉沉默半晌，看著蘇我說：「蘇我上尉，我相信你絕非從謀，只不過是對重情義——」

「俾斯麥少尉，首先，請不要再稱呼上尉了，常勝軍徹後妾身早已無軍銜。而且妾身懂得何謂各為其主，各謀其事，妳做的沒錯，無須自責。」

「我並不自責，這是我身為聯合部隊成員當做的事，只是以我私人身分而言，我仍然敬重蘇我上尉——不是，我敬重您的思想。」

「但若到必要時，妾身的刀不會心軟。」

「只因為您喜歡他？」安格拉疑惑道，似乎認為蘇我因為情愛而喪失判斷力。

「等真正見到人了，一切自明。」蘇我嘴角輕揚。「俾斯麥少尉，妳應該還有別的事？」

砰。愛蜜莉不勝酒力一頭撞倒在桌上。

「喂，我可不想拖一個臭酒鬼回去耶，醒來啊！」碧翠絲用力地搖晃她，但她那張絲毫不動。

「獅王爺決定明日開拔至霍山。」

「哦？是否要讓妾身作餌。」

「……獅王爺的意思是由您帶著扶堂回去，其餘人馬會埋伏在周圍，等候突襲。我替扶堂打注射了大劑量的Barbiturate，他不會有任何干擾您行動的反應。」安格拉試圖用陌生口吻來消除難堪的情緒，但她不擅長偽裝的眼神已出賣一切。

「要是妾身不從，就更能證明妾身與狂屍勾結。無所謂，不要妨礙妾身的事情便好。」蘇我莞爾道。

「另外，德瑞克小姐必須跟我待在一起。」

「不要，人家要跟著代姊——」

蘇我早料到他們會有這招，於是安撫碧翠絲道：「深入狂屍大營猶如飛蛾撲火，妳待在俾斯麥少尉身旁我也放心。」

「人家連妖后都城裡的十萬狂屍都不怕，幾千個算什麼。」碧翠絲不高興地瞪著安格拉。

「小碧是乖孩子吧。」蘇我溫柔地笑，眼裡是不容更改的堅決。他絕不能讓碧翠絲攤上這場渾水。

「不是啦……我知道了，不過萬一代姊發生什麼事情，我一定找你們算帳！碧翠絲只能妥協。

「那……我先走了，明日見。」

蘇我點頭微笑，他也討厭難堪的場面，至少現在能舒緩口氣。

「代姊……」碧翠絲鼓著臉，像隻生悶氣的小老鼠。

「沒事的。」

※

翌晨獅僧的騎兵包圍客棧，嚇得住店的客人一陣驚慌。接著安格拉帶著三人下樓，跟著騎兵團前往北方約五百里處的霍山。大隊騎兵急行軍兩日，便到霍山地界，蘇我幾個沒經歷過這種急行軍，早已疲累不堪，但獅僧的騎兵依然精神奕奕。

獅僧將打了大量麻醉藥劑而暈暈沉沉的扶堂綁在囚車裡，一同運到霍山，本就身受重傷，加上強行軍，扶堂已不堪摧殘。蘇我對扶堂說出的狂屍布陣位置心存疑慮，認為背後定有埋伏，不過獅僧卻只淡然一句「無妨」，從容指揮部隊上山。

兩千騎兵進山當是大動作，只見狂屍的大營火把照著數千移動的身影，狂屍不須睡眠，可以全天候站崗，隨時投入戰鬥，因此獅僧軍團一旦暴露蹤跡，必遭到迅速反擊。但獅僧騎兵不愧為帝國最強精銳，雖然不熟山路又是夜行，兩千人竟幾乎悄然無聲對狂屍本營形成包圍。

狂屍夜視極佳，不須亮光也能行動，因此夜裡難以判斷狂屍藏身何處，但能藉由地上的移動痕跡推敲，再者龐大狂屍所留下的氣息也能被強大靈識感應，獅僧的陰兵也同樣能做到，不過他的騎兵早在進山時就透過地表跡象推算出狂屍大營的位置。

蘇我見狀不禁感慨，要是帝國直屬部隊都有此等戰鬥力，剿太平軍的重責也不至於落到地方勢力手中。

獅僧所率領的主力則位於正對面，做好隨時俯衝的準備。各翼也聽從安格拉指揮沿線埋下炸藥，只等信號響起，殲滅狂屍。

折騰了小半夜，終於可以休息片刻。白天時霍山煙霧飄渺，地靈氣沛，不時顯現怪石奇峰，山峰半顯半藏，入夜後雲開煙散，星河熠熠，彷彿一伸手就可探取天上星辰。

傳說千年前天帝第七女曾在霍山與凡人相戀，後經種種苦難得百日姻緣返還天宮。自古霍山便是修道者修練精元，感應天地之氣的好地方。

「時間不多。」獅僧似乎不感疲憊，立刻要人抬下扶堂。「蘇我上尉，按照我們約定的去辦。」

蘇我雖累，也顧不得休息，他想快點見到張紀昂，然後擺脫獅僧。他們商定由蘇我跟愛蜜莉帶扶堂與狂屍接洽，等吸引走狂屍注意，便引爆事先埋下的炸藥，趁亂突襲。

相較蘇我跟碧翠絲的倦容，從小習於山野的愛蜜莉倒是不顯疲態，她念起紅人咒語，很快身體爬滿青銅符文，在星光下散發寶石般的綠色幽光。

「代姊，你一定要注意安全喔！」要不是蘇我一再堅持，碧翠絲多想一起進入狂屍大營。

「沒問題的，代姊什麼時候讓小碧失望過？」

「有，提到辮子頭的時候。」

蘇我忍不住微笑，他像個溫柔的母親安撫碧翠絲的情緒。但蘇我越鎮定，碧翠絲便會想到蘇我為張紀昂寧願捨命進入天都，彼時此刻像是重新上演一輪。

「我會好好照顧德瑞克小姐。」安格拉保證道。

「不需要妳！」碧翠絲見到安格拉立馬換了張面孔。

時候已到。愛蜜莉毫不費力的馱著扶堂，由蘇我在前方開路，很快消失在碧翠絲的視線中。

又走了一段路，愛蜜莉聽見不遠處聚著大量氣息，蘇我習慣黑暗後，靠著星光察覺前方果然有狂屍祟動。兩人攜著扶堂大咧咧地出現在狂屍大營前，立即引起大騷動，一下子數百狂屍就將他們的退路擠得水洩不通。他們對身上泛著螢綠光芒的愛蜜莉感到好奇且戒備。

愛蜜莉放下扶堂，看著周圍都是殺氣騰騰的狂屍，問道：「現在該怎麼辦啊？」

「妾身名叫蘇我代，從獅僧手上救回你們將軍，不為別的，只想探聽張紀昂的消息。」

狂屍朝著蘇我吼叫，幾百個聲音引動上千狂屍喊叫，似乎要驚醒整座山林。這些狂屍根本不理會蘇我的話，只是一勁縮小包圍圈，似乎想用武力奪回扶堂。

「再靠近一步妾身就殺他。」一眨眼火光星閃，不動尊鋒利的刀刃已架在扶堂的頸子上。狂屍雖停止前進，但蘇我的舉動無疑更激怒他們。蘇我忖扶堂所率狂屍難道沒有其他可以出來主事的人？

「扶堂在我手上，請派人出來說話。」蘇我說。

「讓開。」不遠處一道細柔甜美的嗓音止住了狂屍兇戾的神情，默默撤開包圍，清出通道。一個體型高大壯碩的狂屍舉著大火炬慢慢走來，照亮身穿琵琶袖襖裙的虞念花坐在狂屍肩頭上，她齒若白貝，笑如瓊漿，歡迎遠道而來的貴客。

「好漂亮的人……」愛蜜莉盯著嬌媚婀娜的虞念花，眼睛都捨不得離開。

蘇我深表贊同，各樣的女人他看得很多，卻甚少見到如此有韻味的美人，輕描淺笑都顯風姿綽約，不經意地皺眉皆惹人憐惜。微風撩起髮梢便如天女舞姿。

不過當巨大狂屍馱著虞念花走近時，他看見那雪白頸子竟有一條怵目驚心的傷疤，這疤痕並不使人驚惶，而是讓看者更加疼惜這個我見猶憐的女子。

從狂屍恭敬相迎的態度來看，虞念花的地位肯定不低，蘇我好奇這般絕美女子怎會與醜惡狂屍為伍。

巨大狂屍輕輕伏下身軀，生怕損傷她一根毫毛似的。經過多次交手，蘇我知道一般狂屍幾無情感流動，只會澈底服從命令，虞念花卻能勾起鎖在狂屍心裡的情緒。連狂屍都如此愛憐，更何況凡人見之又豈不動情。

「尊客遠來，奴家不甚欣喜，只是山林簡陋招待不周，還望蘇我先生莫怪。」

要在平時，光是「先生」這個稱謂便足讓蘇我不顧眾千狂屍，先甩上一個巴掌當作教誨。除了奧莉嘉，這是第二個直呼蘇我性別而不讓他反感的人。若說奧莉嘉是因為人純真而不忍計較，那麼面對虞念花這真正無瑕的女人，蘇我完全無法反駁。

見蘇我眼神打量，虞念花欠身行禮道：「奴家虞氏，小名念花，久聞蘇我先生刀法精湛，猛若鬼神，故先生方才報上名號，眾人才心生驚惶，若有得罪之處請莫見怪。」

「那麼，妾身——也直道來意，我欲用扶堂之命換取張紀昂的下落。」看著虞念花，蘇我頓時竟對長久習慣的自稱感到疑惑。

「二位辛苦遠到，奴家自然不會讓二位空手而回。不瞞先生，張紀昂現下正與『天后羽翼』在此地休憩。」虞念花笑道。

「太容易了吧？」愛蜜莉起疑道。

雖然扶堂在兩人手上，身後又埋伏著獅僧的騎兵，但蘇我總覺得氣氛很是怪異，可是又無法從虞念花泰然的笑容裡看出端倪。

「請隨奴家來。」

「怎麼辦？」愛蜜莉猶豫該不該跟著走。

「抓好扶堂，提高警覺。」虞念花的態度如此安然，反讓蘇我更加提防。這個美麗的女人沒有一絲狂屍痕跡，也不像張紀昂、李總兵那般渾身散發靈識之氣，怎麼看都像是個平凡人，但長年作戰的經驗不時提醒他危險藏於表象之中。

原先蘇我執意要入狂屍大營找尋張紀昂下落，真正進來後沉下心便發覺種種不對勁，令人疑竇的是這數千狂屍大軍為何一直徘徊於此，若是等待扶堂歸來，那麼此前在毒人谷時早該傾巢而出。因此蘇我判斷狂屍滯留霍山必有其他意圖。

第五章　戰神霸王

所謂狂屍大營只是稱呼，畢竟狂屍幾乎不用休息，隨地可棲，因此說是「大營」，其實只是一大夥狂屍的聚合地。不過隨虞念花走入深處，兩旁開始插著一些火把，還搭設了幾個簡單的營帳。

「虞姑娘是被狂屍抓到這裡的？」蘇我試探道。

虞念花只是點頭微笑，帶著兩人越過營帳，來到後方火光密集的樹林，到這裡已經離出口超過兩百步，要是遭到伏擊，蘇我跟愛蜜莉恐怕難以脫身。

愛蜜莉憂慮地看著一直跟在身旁的狂屍，此時竟聽見一個如銀鈴悅耳的清淨嗓音迴盪而來，蘇我聞之一楞，頓時化解所有猜疑，這聲音他太熟悉了。

溫和不起爭波的聲音營造了祥和之境，不分身分敵我為一切隕歿的靈魂獻上哀歌。

為數眾多的狂屍秩序地排著行列，虔誠跪在那純淨之聲下，彷彿將奧莉嘉當作太平天后般崇敬。

虞念花見蘇我神色忽變，莞爾道：「看來先生不虛此行。」

蘇我目不轉睛地盯著張紀昂，而這個讓他朝思暮想的男人此刻正站在奧莉嘉身旁聆聽禱唸。

「孫起……」

這些日子不見，張紀昂瘦了不少，也長了一圈鬍子，不曉經歷多少風霜。

反觀奧莉嘉仍是冰清玉潔，金髮白衣，歌聲裡盈滿這世上的希望，似乎洪秀媜的所作所為對她沒有絲毫影響，陵州城外那撕心裂肺的痛宛若幻夢。

蘇我一下止住腳步，連帶腦子一片空白，他積了許多的問題突然間一個都想不起來。

「張營官！」愛蜜莉赫然大喊道。

這一喊不只震驚張紀昂，也嚇著蘇我。儘管腦海演練多次重逢，此刻蘇我卻只能呆呆地看著張紀昂。

張紀昂緩緩轉過身，詫異地看著蘇我，一副無法理解他為何出現在這裡。

愛蜜莉的冒失舉動卻沒引起奧莉嘉跟跪地的狂屍注意。

張紀昂匆匆跑來，用眼神質問虞念花。

「這個我放在這裡囉。」愛蜜莉放下扶堂，轉動一直維持同樣姿勢的肩膀，她朝著張紀昂笑道：「托斯卡那一定會很高興。」

「嗯？」張紀昂蹙眉。

「張營官還記得我嗎，不對，你應該會記得托斯卡那，在紹城的時候你抱著她衝出突圍。」

張紀昂疑惑地搖搖頭。

虞念花溫婉地說：「等會奴家會請『天后羽翼』治療扶堂，張先生難得見到故人，心裡必定高興，不如換個地方方便幾位敘談。」

愛蜜莉連聲稱好，但蘇我跟張紀昂似在心慌，只任憑安排。

於是虞念花將三人帶到方才見到的營帳，進了其中一頂。帳內擺設簡易，但打掃得有條不紊。

「此處乃奴家居帳，請不必拘束。」虞念花熟巧地煮水，拿出幾碟點心，笑道：「地方簡陋，請先生隨便吃點。」

「念花姑娘，請不要這樣稱呼他。」張紀昂沉著臉開口道。

「哦？」虞念花曖昧地看著張紀昂與蘇我。

蘇我羞赧地說：「不要緊的。」

「是奴家失禮了。幾位必有許多話想說，奴家便不打擾了。」

虞念花轉身掀開營帳離去，蘇我羞著臉說：「謝謝你說那些話。」

「不必言謝，在下承諾過絕不讓人欺侮你。」

是的，蘇我憶起當日陵州城外河畔處，亂世之中難得清靜的天地，兩人放下罣礙暢談無阻，張紀昂的承諾他早銘記於心。

「張營官，你真的跟狂屍混在一塊啊？」愛蜜莉挑破了回憶裡的氛圍。

蘇我忖現在確實無暇敘舊，算算時辰獅僧差不多要準備突襲，他不能繼續在這裡耗著。

「你來這裡做甚?」

「孫起,你知道你已惹了多少麻煩,繼續待在這裡只會對你不利。」

「我問心無愧。」張紀昂顯然知情。

「那些人可不這麼想,他們就打算利用你爭權奪勢,離開這裡吧,妾身會用盡一切辦法幫你——」

「不行,我不能離開這裡!」

「你……」

張紀昂的堅決讓蘇我感到不解,難道張紀昂真的投誠太平軍,心甘情願成為洪秀娘的義人?

「妾身知道你痛恨李總兵那些人暗地的醜陋手段,可是妖后的作法只會讓你想拯救的百姓更加痛苦,難道你相信妖后建立了所謂的『千年王國』就能還天下太平?」蘇我不相信張紀昂會不分輕重。雖然張紀昂儼然成為朝廷跟地方勢力博弈的棋子,但只要張紀昂堅持那套忠君愛國之道,有哈勒等人幫忙照應,絕對比接受狂屍庇護來的好。

張紀昂不為所動,「我知道我該怎麼辦,為了奧莉嘉,我們不能走。」

「你是要眼睜睜讓謠言成真才甘心?」

「好過把奧莉嘉送到那些豺狼手上。」

蘇我覺得張紀昂太不可理喻,他已是泥菩薩過江,還妄想保奧莉嘉。

「那個,我可以說一句話嗎?」愛蜜莉見他們僵持不下,緩頰道:「其實外面已經被獅僧的騎兵包圍了，我們如果繼續耗著，等等混戰起來就真的走不了啦。」

「鐵帽子王也來了？」張紀昂睜大眼睛。

蘇我趁勢攻心道：「沒錯，你當知獅王爺一直視湘淮為敵，他見了你肯定不會留情，皆時殃及奧莉嘉豈不是得不償失？」

「既然他要打，我只好奉陪。」

「你傻了嗎，跟獅王爺作對，你就真的成了帝國叛徒。」蘇我不敢置信地說。

「你們這麼做只會害死奧莉嘉，為了保護她我只能——」張紀昂說到嘴邊的話硬是吞下去，只能緊咬著唇。

蘇我見狀猜測其中必有隱情，催促道：「這時候你還要隱瞞妾身？你說啊！」

張紀昂沉思一會，糾結地說：「奧莉嘉她……她不能離開這裡。」

「妖后不是已經奪走奧莉嘉的力量，還有什麼理由待著？」蘇我問。

洪秀媜既死，蘇我根本想不出張紀昂跟奧莉嘉為何還要冒著風險留下。

「難道是妖后威脅你們？可是她不是已經被燒成灰燼了。」愛蜜莉也不解。

張紀昂欲言又止，神色慌亂，蘇我便上前摟住他。

愛蜜莉趕緊用手遮住眼睛。「這一幕絕對不能讓托斯卡那看見！」

蘇我輕聲地說：「孫起，你答應過保護妾身，妾身也答應過哈勒要好好守護奧莉嘉，那不只是你的責任。」

張紀昂鬆懈了，「我、不能讓你牽扯進來……」

「太晚了。」

此景彷彿把兩人帶回潛入天都那夜。張紀昂剛強的心被蘇我那晚捨身救他的情景軟化，眼神不再冷漠。

「你不該到這裡來。」

蘇我鬆開環住張紀昂的手，退了幾步，站回愛蜜莉身旁。

「洪秀媜取走奧莉嘉的能力後，她們便有部分靈魂相依，洪秀媜雖被燒成灰燼，只要奧莉嘉仍在，她就可以藉此復活。」

「怪不得狂屍會在霍山駐留這麼久。」蘇我總算明白過來。

「咦？什麼意思？」愛蜜莉問。

「霍山靈氣充沛，正適合修練養息，狂屍便設下護陣，讓奧莉嘉在此地休養，正是等待時機復活洪秀媜。要是奧莉嘉想走，身體就會失去控制，陷入可怕的回憶，甚至……失去性命。」

「所以你才幫扶堂攔截湘軍的貨物？」

「沒錯。他們奪走的東西裡有一樣聖物，洪秀媜必須以此為引復活，為了奧莉嘉，我只能告知他們湘軍必經路線。」

雖已知道張紀昂的苦衷，可是蘇我卻更加苦惱，因為張紀昂確實涉嫌其中，正中那幫人下懷，不論如何辯駁都無濟於事。張紀昂耿介剛直，絕不會為了活命苟且偷生，讓他回去無疑飛蛾撲火。

何況奧莉嘉現在受洪秀媜殘靈掌控，也無法逃離此處。

「你們快走。狂屍必會保護在下跟奧莉嘉，我們不會有事。」

「不行，妾身不會讓你們受妖后擺佈。」蘇我想起泡過紫荊花和潔淨之血的匕首，驚喜地說：「還記得刺殺妖后所用的匕首？既然它能殺傷妖后，說不定也能斷除妖后與奧莉嘉之間的連結。」

張紀昂猶豫道：「萬一無效，豈不是傷了奧莉嘉？」

「不好，外面有動靜！」愛蜜莉突然大喊。

但帳外一如來時岑靜。

蘇我正欲說話，竟聽見極刺耳的悲鳴。

「是扶堂的聲音，有人進攻了。」張紀昂說。

「但妾身尚未放出信號。」

而且安格拉在扶堂身上注射了大量麻醉劑，若無意外應該能撐上一整晚。

「不是那位王爺，對面山頭有一支不明身分的部隊。」愛蜜莉說。

三人急忙出了營帳，只見虞念花神色自若地看著山頭上的烈焰，營帳也被數十狂屍包護起來。

那並非獅僧騎兵放的火。正當蘇我忖愛蜜莉如何得知帳外情況，只聽見一陣清脆啾唧自上方傳來，抬頭便看見一隻雄鷹盤繞。

蘇我認出那隻雄鷹是去幫愛蜜莉的夥伴指路的路易。

「不巧破壞三位敘談的雅興，請稍安毋躁。」虞念花相當鎮定。

此時火勢綿綿，燃照夜空，隨即一聲聲殺喊傳遍山谷。

路易長叫一聲消失，接著愛蜜莉眼圍泛出青光，說：「是帝國的人，湘軍裝扮，旗幟是……上面一個下雨的雨，下面那個字唸廷嗎？」

「雨廷，霆字營。」蘇我跟張紀昂同時喊出。

蘇我沒想到霆字營也搜到霍山上。

「鮑霆也來了，看來這仗很棘手。」張紀昂張望道：「奧莉嘉呢？」

「張先生放心，『天后羽翼』正要回來這裡。」

張紀昂怎麼放得下心，既然霆字營擺出大動作，獅僧也不可能繼續安靜。

果然山壁爆出陣陣巨響，這正是安格拉設下的炸藥。

蘇我暗叫不好，前後都是難對付的，這下一起衝來，霍山將陷入一場惡戰。

刺耳的悲嚎再次傳來，扶堂磕磕絆絆朝營帳走來，嘴裡直喊著「辮賊來了」，金色的手臂此刻竟湧金光。

扶堂領著數百狂屍奔向前方。

「奴家會照顧好『天后羽翼』。」虞念花溫柔笑道。

張紀昂牙一咬，提起天鐵大刀也跟扶堂奔去，蘇我立刻跟上。

「你莫是要跟獅王爺作對？」

「這時候別無他法。」

「停下！」蘇我跑至張紀昂跟前，出刀阻攔。他不能眼睜睜看著張紀昂釀下大錯。

愛蜜莉隨後跟來，見蘇我拔刀相向，一時也驚慌不已。

「讓開，我不能讓他們破壞護陣！」

「冷靜點，我們還有個方法未試。」

但張紀昂此刻顧不了這些，一旦損害了養護生息的護陣，奧莉嘉便會遭受生命危險。

「你寧願為了奧莉嘉也要被世人唾棄嗎？」

「理說不清，不如不說。」

蘇我早知張紀昂死心眼的個性，見無法勸阻，忖乾脆拖延他一陣，至少不與獅僧交手，之後也不落人口實。

忽然陰風大作，風摧山林，扼住狂屍步伐。蘇我轉身一看，黑壓壓的山林裡闖出數百陰兵，一時寒意滲人，殺氣慘重，身披重甲的陰兵所到自成金戈肅殺之聲。

陰兵箭無虛發，一通輪箭來倒下不少狂屍。扶堂也身中數箭，依然趔趄地挺直身子。

「殺光辮賊！」扶堂眼射金光，雙臂耀煌，猶如一盞不滅金燈引領狂屍。

似乎是受到扶堂感召，中箭倒地的狂屍竟掙扎地爬起來，一個個撲向陰兵。但陰兵乃形虛之身，他們能穿過狂屍，再行斬殺。

不過狂屍卻越戰越勇，更多狂屍湧上前頭。

扶堂伸展金臂居然勾倒一個陰兵的坐騎，使勁扭下陰兵頭顱，甚至騎上那隻嗚嚎的馬背上，向他的戰士展現戰績。

這一幕讓蘇我不禁楞住，他記得扶堂在毒人谷時根本碰不到陰兵，現在居然能殺掉他們。

「蘇我上尉，快看他的血。」

蘇我驚覺扶堂的血液流如燙金般。狂屍紛紛抹著流到地上的金血，接下來戰況忽變，陰兵再也無法穿刺狂屍。

扶堂策馬狂嘯，擊破陰兵緊密的陣型。

突然一列陰兵穿過狂屍陣隊，氣勢騰騰殺來，蘇我正詫異扶堂的表現，沒注意到陰兵順刀已逼近喉間。

張紀昂衝上前聚氣運刀，將陰兵連人帶馬斬下。

陰兵軀體斷作兩半，噴散一股黑煙。

「你怎能……」蘇我腦子倏然跑過許多畫面，他想說自己能擋住攻擊，可是那是不可能的，不動尊砍不了陰兵。

「這是戰場，刀劍無眼。」張紀昂並不後悔。

「謝謝你。」蘇我想戰局混沌，獅僧不一定知道是張紀昂出手。

只是蘇我知道這是自欺欺人，這些陰兵乃獅僧血肉，豈分不出敵我，方才那陰兵故意攻擊蘇我，就是要引張紀昂出手。這下獅僧完全有理由捉拿張紀昂。

但他們沒時間互看，扶堂雖勇猛，已是殘敗之軀，幾波闖陣下來幾無氣力，身上更插滿箭簇。狂屍守勢漸弱，眼看就要被陰兵衝破。地上滿是狂屍分裂的屍首，腥臭撲鼻。

後方也響起大量馬蹄聲，霆字營亦殺下山頭。

驀然沉重淵長的號角四響，明顯與湘淮軍的號角聲不同，山壁再次炸裂，亂石滾落而下。蘇我意識到獅僧要發動總攻擊了。

看情勢混亂，蘇我心生一計，「何不趁亂帶走奧莉嘉？你說過奧莉嘉需要以靈氣護養，何不用你的靈識當作護陣，如此便能使奧莉嘉安然逃脫。」

「我竟沒想到這法子，可是以我之力不知撐不撐得住。」這麼做會使張紀昂元氣大傷，但張紀昂動心了，能夠保護奧莉嘉損耗些精元又何妨。

蘇我進一步勸道：「再躊躇不定只會難離開。」

「有道理。」張紀昂同意。

蘇我叫上愛蜜莉，由張紀昂帶領去找奧莉嘉護陣之地。

這時獅僧的騎兵從四方突襲，殺狂屍措手不及，千眾狂屍宛若泥沼，受制於人。獅僧的騎兵如野兔靈活，分成數十隊出沒在狂屍後面，集結如矛刺穿狂屍，狂屍湧上時又各散而去。

扶堂奮勇血戰，雖能擋住一時，可誰都看得出他已然是強弩之末。

三人迅速往回營帳，狂屍忙著兩邊交戰，也不管他們去向。

陰兵動作更快，倏地攔住三人去路，分明是專找張紀昂，張紀昂欲要動手，蘇我立刻攔下。

獅僧已經察覺他們動向。

「別動手，獅王爺只想活捉你，我們可以慢慢周旋。」蘇我擋在張紀昂前面。

「張先生匆匆忙忙打算上哪去？」虞念花從容不迫地走來。

陰兵隨即掉頭包圍虞念花。

「虞姑娘當心！」張紀昂喊道。

「張先生乃是天后最信任的義人，莫忘與天后的協定。」虞念花揚起嘴角，燦笑若花。她從袖口掏出一枝乾枯的枝枒，隨手揮向陰兵。

陰兵高舉順刀，一片冷光照在虞念花美麗的臉龐上。

驀然一道劍氣憑空斬向四面八方，一陣狂風襲過，陰兵紛紛化作煙塵。

虞念花向前走了幾步，朝著包圍扶堂的陰兵揮了揮枯枝，只聽見一聲氣勢奔騰，若虎嘯龍吟，似有神刃切開那些陰兵，甚至把陰兵身後的大樹也展成兩半。

蘇我訝異地盯著虞念花手中的枝枒，「怎麼可能，虞姑娘明明只是甩了枯枝兩下，居然能斬殺陰兵……」

張紀昂也搞不懂是怎麼一回事。

「如果蘇我先生——抱歉，奴家失禮了，蘇我小姐要是想離去，悉聽尊便，不過張先生必須陪著『天后羽翼』。」虞念花早知蘇我來的目的。

蘇我本忖只要避開獅僧跟霆字營，就能順利救走奧莉嘉，未料看似無害的虞念花才是真正的殺招。他看不出虞念花使的是什麼路數，但那無形劍氣彷彿與靈識相似。

張紀昂也有所感應到了，卻沒在虞念花身上發現任何氣息。

「榮千歲將張先生交託奴家，自當好生照應。」虞念花把枝枒伸向蘇我。

劍氣拔地而起，蘇我立刻豎起不動尊反斬，反被強大衝擊擊退，愛蜜莉趕緊在後頭以熊力幫忙抵擋，豈知劍氣似乎挾有巨力，兩人硬生生退了十來步才停下，不動尊刀身也受損崩刃。

蘇我的手被震麻，緩了會才慢慢放下。他自從北辰五行流取得認可狀後，掌握削鐵如泥的不動尊，多年來未曾在戰鬥中損過一分，但虞念花不過以枯枝掃出劍氣，竟能將他如此逼退。

而且蘇我跟號稱有千鈞之力的劉三省對陣時也不曾有過這等壓迫，虞念花那嬌柔的身子骨居然能發出這麼大的力量。

連張紀昂也被虞念花狂傲的劍術震懾。

愛蜜莉大甩發疼的雙手，哀著臉道：「沒道理啊，她的力氣也太大了吧！」

「奴家多有得罪，祈望諸位原諒。」

有虞念花在此坐鎮，蘇我他們的計畫只能變成泡影。前有狼後有虎，走那裡都不是。

突然一隻長著三顆腦袋六隻手的巨型陰兵駕馬馳騁，狂吼一聲震開擋在中央的張紀昂，接著伸出手要逮住他。

「奴家可不能失信於榮千歲。」虞念花點了點枯枝，劍氣彷若狂獸呼號，風捲飀戾吹得枝葉刷刷作響。

頃刻巨型陰兵灰飛煙滅。

黑煙之間現身一具巍峨身軀，露出猙獰的紅鬼面具，氈杖高掛扶堂首級，更顯幾分陰寒。

蘇我悄悄移動身子，找尋出逃的空隙，但獅僧和虞念花籠出一圈令人窒息的無形絕壁，彷彿在這範圍內膽敢輕舉妄動便要遭殃。

「國賊張紀昂聽著，束手就擒本王可留你全屍。」

「當初李總兵答應我只要刺殺洪秀媜，事成後不問去留，現在為何出爾反爾，苦苦追逼！」

「鄉夫之諾與本王何干，本王只知你拜伏妖后，枉棄皇恩，又偕屍賊私綁公使，稱為國賊當之無愧。」

未等張紀昂回話，虞念花便莞爾道：「張先生乃天后義人，現交由奴家代為守護，恐怕不能交給你。」

「哪來的妖婦，若要阻攔莫怪本王斬之。」

「我張紀昂販賣祖田投軍十年，未有一刻怠忽蒼生，如今淮勇容不下我，朝廷也誣我為賊，難道要將忠良逼反，直到天下無心才甘願？」

「你一人也敢稱天下，素聞你為人剛愎，不聽號令，依本王看昂字營五百人命都是被你給害死。」獅僧冷哼一聲，「猖獗逆賊，誅之九族也不為過。」

「笑話，還不是你們橫徵暴斂，搞得九州昏黑，逼百姓寧願當人不人妖不妖的狂屍，而你們還能安心吃下以狂屍血肉煉成長生丹。」張紀昂激動地緊握天鐵大刀，接著又放聲淒厲大笑：「逼人成魔的是你們這些官門貴冑，最後吞掉這些魔的也是你們，告訴我，我投軍十載究竟是為何？」

「孫起，他是在激你，不可上當！」

來不及了。張紀昂本就是直性子，加上壓抑許久，現在被獅僧激將，再也忍不住脾氣。

「我五百弟兄慘死在自己人眼皮下，那些『兇手』居然凱旋回朝受人歌功，這世道白為黑，黑為白，混沌的讓人討厭！」張紀昂怒不可遏，沸騰每一滴精血，激昂每一寸肌肉，靈識先聚於眼中惡火，剎那分散通身。「我先斬你，後滅鮑霆，待我塵緣事了，再自刎以告蒼天！」

神將橫空現世，鳳眼美髯，紅臉龍刀，星夜下神采威風，猶如昔年威震華夏。

蘇我似乎能看見紅鬼面具底下陰笑的臉孔。事到如今，除了奧莉嘉的歌聲外，無人可以滌淨張紀昂心中憤怒。

「蘇我上尉，不要過去啊！」愛蜜莉得使盡熊力才能遏住蘇我。

「本王在此允諾你，等取下你的腦袋，必回京拔除湘、淮。」

獅僧重敲氈杖，立現數十陰兵，又有上百親衛疾馬靠來。

見張紀昂被如此激將，虞念花終於斂起笑臉。

「張先生，打辮子用不著你出手，」

「這是我的事情。」

「奴家也得遵照天后旨意，和榮千歲的吩咐。」

「妳若執意上前，休怪我殃及池魚。」

神將怒瞪虞念花，不過虞念花卻輕輕搖頭，「難怪天后喜愛你，這般癡傻舉世難尋啊。蘇我小姐，麻煩你照顧張先生，但千萬別想逃走。」

這時張紀昂使勁掄刀，向獅僧斬去，忽然神將化作光粒崩析，凝於神將龍刀的精氣內衝回張紀昂體內，他頓時身體乏力倚刀半跪，吐出一大口血。

情景下蘇我掙脫愛蜜莉的手，趕緊將張紀昂攙扶到一旁。

「不礙事的，張先生本就受了重傷，雖然天后替他治療，但這傷本就不是普通人承受得住，能夠行動自如已是萬幸，若要強用靈識只會反噬其身。」虞念花解釋道。

「賊人自討苦吃。」獅僧橫舉氈杖，只想置張紀昂於死地。

蘇我可不能靜靜看著張紀昂被欺侮，他跟獅僧也只是相互利用，既然各自要的目標都找到了，自然也變成敵人。由他出手，總比讓張紀昂被抹上不白之冤好。

但虞念花示意他別動，「一切請交由奴家。」

「誰幫助國賊，本王就讓誰死。」

砰——

「獅王爺，這跟當初談好的不一樣。王爺是否忘記公使團除了要尋聯合王國公使的下落，還有奧莉嘉。王爺想殺張紀昂，便是斷掉重要線索，那麼我可以合理懷疑您背約。」安格拉走來，深藍軍服玷滿血污，她俐落地換上新的彈匣，槍口對準獅僧。

獅僧親衛拍刀遏止安格拉前進。

「無妨。」獅僧叫開親衛，說：「本王當然沒忘，本王會留他半條命供妳詰問。」

蘇我看得出獅僧壓根沒想放過張紀昂，他打定主意要將張紀昂當成清除湘、淮軍的藥引，反正奧莉嘉就在霍山，只要事後抓捕回去交差即可，至於聯合王國公使的下落隨便逮個狂屍拷問都要比盤問一身傲骨的張紀昂強。

虞念花向獅僧欠身笑道：「二位不如回去談妥再來，恕奴家不與閒人奉陪。」

「妖婦無知。」

獅僧大喝，陰兵瞬時攻殺虞念花，彈指如疾風移至虞念花跟前，安格拉也同時開槍，子彈更是雷電般閃逝，一下全擊中虞念花的身軀，隨即轟爆，發出陣陣刺鼻濃煙。陰兵接續進刀，讓虞念花毫無反擊機會。

蘇我心領安格拉的意思，使了眼色給愛蜜莉，然後連忙拖著張紀昂往後跑。

三人跑沒多遠，聽見喑咤怒號迴盪山林，霎時驅散濃煙。他們下意識回頭，驚見虞念花身罩蒸汽，緊接著出現一個黑甲覆身的神將，但說是神將，卻不像張紀昂等人解放靈識喚神出來時那樣龐大，看似只是體型比張紀昂健碩的威武大漢。

那莫名召出的神將形貌洸洸，持一柄精工重劍掃滅陰兵，餘波未消，俄而狂風萬竅。獅僧立即起杖護身，身旁親衛躲避不及當場七孔流血而死。

蘇我慶幸安格拉早已不知閃避到何處，否則普通人的身體豈能扛住。

張紀昂不跑了，敬畏地看著那如雄峰屹立的神將。

「虞姑娘也懂喚神……」蘇我也看懵了。明明虞念花並無半分靈識之力，怎麼能使這麼厲害的招式。

「不對，那是血縛，虞姑娘用自己的血肉喚醒了封印千年的怨靈。」

蘇我難以置信一介凡人之軀竟能血縛如斯強大的靈。

若說喚神是以靈識感召靈之精神，血縛便是以身換身，而且非常容易反吞宿主，形成難以想像的後果。特別是如霸王這等強悍之靈，即使是靈識修為極高者也不敢嘗試，虞念花看來並無此困擾，兩者反配合相得益彰。

「那是什麼鬼啊？」愛蜜莉害怕地問。那神將散發出的威壓超越她所畏懼的惡靈百倍。

「千古戰神——霸王。」

蘇我這才明白虞念花的力量從何而來，縱然傲視眾人的獅僧也有所忌憚。

「看來妳不是普通的妖婦。」

「放肆！」霸王仰天怒吼，彷如拔樹破山，重劍斬出強勁劍氣。

獅僧喚出身穿重甲的陰兵列陣作為防護，只是劍鋒方觸便湮沒散逝。

「有趣，留此妖婦將為大患。」

蘇我看獅僧的注意力全放在橫空而出的霸王身上，又拉著張紀昂要逃。

「蘇我小姐別忘了奴家適才說過的話。」虞念花盯著他道。

砰——砰——乍然槍聲響起，一顆被霸王剖下，另一顆則角度偏移，擦過虞念花的手臂。

由於解放縛靈，虞念花等於脫下鎧甲。

蘇我聽見槍響，趕快拽著張紀昂的手臂走。

「別看了，快去找奧莉嘉。」

本來張紀昂還想留下，經蘇我一說便打消念頭，無暇理會獅僧跟霸王之間的大戰。

後方雖遭霆字營突襲，但這裡的狂屍兵力較多，一時間雙方打得難分難解，誰也沒佔到便宜。

張紀昂帶著他們來到一個幽深空曠的山洞，洞內有整葺過的痕跡，裡邊不時傳來幽光，無疑是奧莉嘉護陣之地。

「要是我們跑了，小豚鼠要怎麼辦啊？」愛蜜莉認為蘇我不會丟碧翠絲一個人在獅僧營中。

「放心，安格拉小姐會負責照顧的。」從安格拉兩次開槍已經說明她理解張紀昂的為何這麼做，因此才願意幫助蘇我。有安格拉保護，加上碧翠絲的身分，諒獅僧再跋扈也不敢惹她。

蘇我擔心的是一臉凝重的張紀昂。知道沒人追趕後，三人放慢腳步，但張紀昂的步伐格外沉重。

「你是否在想無法替奧莉嘉護體？」蘇我一下就猜中張紀昂心思。

「這樣帶她出去豈不是太危險。」
「你不想想自己嗎？只要獅王爺參一封奏摺上去，你就真的成為人人喊打的叛賊。」
「那又如何！要不是我這身體不中用，我早就取他人頭——」
「傻子，你以為是霸王？」
愛蜜莉尷尬地看著詭異的氣氛，擠出笑臉道：「總之離開這裡比被別人掌控還要好嘛，帝國這麼大，一定有很多像霍山一樣的地方，讓路易幫忙找很快就能找到的。」
聽到這裡，張紀昂才稍稍放心。
「對了，那隻老鷹不是跟在妳的夥伴身旁嗎，難道她已經到霍山了？」
「這該怎麼說呢，比起托斯卡那，不如先想該去哪裡吧。」
三人走到洞穴深處，有四個狂屍正在嚴密守護奧莉嘉，他們沒兩下就擊暈狂屍。奧莉嘉坐在一個反六芒星的圖騰中間，
「代哥？」奧莉嘉睜著湛藍的眼睛盯著蘇我。
「啊——」愛蜜莉驚訝地摀著嘴。
幸好蘇我沒有甩出巴掌，只是憐惜地握住奧莉嘉的手。
「她看起來一點也不像惡魔。」
「本來就不是。」張紀昂說。
「抱歉，我沒多想。」

「你受傷了。」奧莉嘉瞥見張紀昂衣服上的血跡，便要拉著他坐下察看傷勢。

「不要緊的。」

「奧莉嘉，妳還好嗎，我來救妳了。」

「為什麼？」奧莉嘉天真的神情一點也不像開玩笑。

「因為妳被狂屍綁走，他們要用妳的身體復活洪秀媜啊。」

「他們對我很好。」

「別忘了，這裡不是妳的家。」

奧莉嘉望向張紀昂，「我已經沒有家，有真主的地方就是家。」

「不管怎樣，聽我的離開這裡好嗎？哈勒一直在找妳，還有孫起也不希望妳繼續待在這兒。」蘇我勸張紀昂道：「難道你真的要眼睜睜看著狂屍把奧莉嘉獻給洪秀媜？」

「我、當然不想。」張紀昂思忖一下，「霍山往南四百里處有個齊雲山，那裡曾有仙人傳道。」

「那我們就往齊雲山去，接下來的路肯定危險重重，妳就別跟著了。」

「讓我也一起去吧，有路易在的話也比較方便找路不是嗎？」

「妳的夥伴怎麼辦？」

「我會告訴托斯卡那我去哪裡，而且厲害的名山感覺很有機會出現我要的獵物。」愛蜜莉說：「我比較擔心小豚鼠沒看到你會不會很著急。」

「等上路後妾身會傳訊給小碧。」

「走吧。」張紀昂手伸向奧莉嘉。

「好。」

蘇我看著兩人牽手，不禁皺著眉頭。

洞外傳來震耳欲聾的廝殺聲，戰況越演越烈，但愛蜜莉認為這三人的關係比外頭的戰爭精彩的多。

第六章　妾心兩難

趕了一整天的路，他們來到霍山附近的小鎮，規模雖不大，但南北消息倒是靈通，大家都在傳言獅僧和鮑霆滅掉狂屍大營的事，聽說狂屍被殺得屍橫遍野，張紀昂通敵之說也不逕而走，遽聞不久後會在附近諸省發放通緝文告。

儘管張紀昂嘴上不說，蘇我深知這些流言蜚語讓他感到不快，於是加緊找客店下榻，並選了僻靜的房間方便奧莉嘉休養。自離霍山靈洞開始，奧莉嘉的神色明顯衰弱，但由張紀昂靈識護身尚無大礙，只擔心到齊雲山還有三百多餘里，情況會越發嚴重。

當晚奧莉嘉睡下後，三人簡單吃過晚飯，蘇我吩咐愛蜜莉去向店東打些水。

等愛蜜莉出門，蘇我嘆了口氣，笑問：「繃了一天肯定很累。」

逃出霍山後，張紀昂一直抿唇不語，聽見鄉人的風言風語也不為所動，只是那眉鎖重雲的神態早深深記在蘇我心裡

「一點傷不礙事，更重的傷都死不了。」張紀昂以為蘇我在擔心傷勢。

「妾身當然知道你英勇，但心裡的傷向來比身體痛。孫起，我們認識不算久，但我明白你

的，一根直腸，待人坦率，又經不起人誤解。」

「沒有誤會，當日你也聽得清楚，我早已不容朝廷，家鄉怕也回不去。」張紀昂的反應很冷靜，似乎情緒都發洩在霍山。

「你已經厭惡這場戰爭了？」

「十年、將近十一年了，這麼多年我究竟是為國殺賊，還是徒增殺孽。」

「放下了也好，無罣無礙，心裡舒坦。」

「可惜五百兄弟的仇報不了。」張紀昂額頭靠在十指緊扣的手上，惆悵地問：「殺山苗算報仇嗎？還是應該殺盡當日壁上觀的……縱然得報，我張紀昂當何去何從。」

「縱是九州不容，仍有妾身陪你。」蘇我雙手輕輕含住張紀昂的發冷的手。「世界之大，何愁無處容身。」

「那個小女娃也是這麼說，但無家無國，哪裡能有安心之所。」

「孫起，這陣子你變了很多。」蘇我忖張紀昂帶著奧莉嘉離開天都定遭遇了不少風波。

「對，我更不明白自己是什麼。」張紀昂抬頭收手，盯著長年握持天鐵刀長出的厚繭，猶如過去斬下的孽血深刻其中。「李總兵、劉大哥他們似乎總明白該幹嘛，我、唉，大丈夫焉能悲談，我答應過哈勒先生要好生照顧奧莉嘉。」

「你喜歡她嗎？」

「沒聽清楚嗎，我只是受人之託，不敢食言。」那一刻張紀昂臊了臉，隨即又斂回平時的神色。

「你打算怎麼辦？」蘇我暗笑。

「虞念花說了，奧莉嘉和洪秀媜已成為共同體，奧莉嘉需要她們保護，洪秀媜也要依靠奧莉嘉的力量重生。齊雲山靈氣充沛，足夠提供奧莉嘉能源。」

「聽起來你無法脫開這場混水，若不解開洪秀媜的咒誓，難道要讓奧莉嘉一輩子待在齊雲山？」

「辦法是有的，不過現在不能說，等到齊雲山便知道。」

「提防我？」

「你說是就是，無論如何，我不能妥協這點。」張紀昂堅決道。

「既然有方法，為何還要待在虞姑娘那兒不走？」蘇我執意問出答案。

「一開始我也沒法子，只能眼見奧莉嘉日漸虛弱，後來虞念花根據氣息找到奧莉嘉，為了保她的命，我只得暫時合作。」

蘇我皺眉道：「你應當告訴獅僧。」

「那傢伙一心想剪除地方團練，奧莉嘉正是他拿來獻媚洋人的好禮物，投他不正是羊入虎口。」

蘇我用指頭繞著頭髮，嫣笑道：「你腦袋還是清醒的。」

張紀昂避開蘇我媚人的笑顏，正色道：「我見虞念花以霸王之氣護養奧莉嘉，便想到法子，正打算找機會溜，你們便來了。」

果然如蘇我所想，張紀昂即使再不齒朝廷的作為，也不可能投誠太平軍。只嘆張紀昂耿介若愚，只肯埋頭幹也不願商量，怪不得會夾在中央和地方派系間為難。

「到齊雲山後，怎麼辦？」

「屆時奧莉嘉沒問題，就交還你照顧，不必操心我。」

「不成，我怕你做傻事。」

「莫怕，張紀昂不是第一天傻，但自有分寸」張紀昂難得地微笑，「跟你談天舒坦多了。」

「喂，你是不是忘了與妾身的約定？」蘇我喜孜孜地說。

「等到齊雲山解決了奧莉嘉的問題，自當以告。」張紀昂瞥了眼熟睡的奧莉嘉，起身道：「姑娘交給你照料，我先去睡，有事立刻喊我。」

「去吧。」蘇我也不多留，他知這段時間張紀昂必然沒有一日踏實，是該好好休息。

討論一番，決定明日快馬加鞭，早日趕赴齊雲山。

待張紀昂回房，蘇我朝門外莞爾道：「妳的壞習慣得改。」

「我不是故意偷聽你們說話嘛，只是剛好上來，又不好意思打斷。我保證我沒聽到什麼。」

愛蜜莉偷偷摸摸走出來，往張紀昂的房間探去，「他有發現嗎？」

「沒事的，反正妳也聽到了，妳有什麼想法？」

「咦？這種情況我最好當啞巴吧。」愛蜜莉把嘴摀住。

「少來啦，妳跟小碧背後討論的可不少。」

愛蜜莉尷尬地撓頭，坐到蘇我對面說：「唉呀，我們也是擔心代姊你啊。不過，代姊真的對張營官很好，我有點感動。」

「看他那股傻樣，真夠令人操心的。」

「只是你一直考慮他跟奧莉嘉的事，那你呢？」愛莉蜜慢條斯理地問。

蘇我頓時覺得愛蜜莉的反應太可愛，明明平時大喇喇的，這時倒變得小家碧玉。

「照孫起說的，等處理完奧莉嘉的問題再談。」

「可是、如果最後張營官他——」

「呵呵，若是如此，妾身仍然不悔。」蘇我真摯地說，他本就不奢望有圓滿的答覆，只是想聽張紀昂親口說。他笑問：「你的好友還在路上？」

「啊，托斯卡那嗎，我看她最好別來。」

「為什麼？」

「沒事沒事，她自己可以照顧自己。」愛蜜莉伸著懶腰，「走了一天好累啊，代姊，你也早點去睡。」

※

蘇我照看著奧莉嘉，慢慢地睡意漸濃，忽然他聽見奇怪的聲響，連忙驚醒，隔著房門聽著動靜。

他輕悄悄推門，赫然發現一個小小的身影站在走廊一頭。

「碧翠絲？」蘇我驚喜地說。

其實蘇我並不訝異，畢竟碧翠絲有極強的追蹤能力。

碧翠絲向蘇我看了一眼，露出微笑，示意他下樓。蘇我穿上外袍，匆匆掩好門，追上碧翠絲。此時已過四更，客棧一片靜幽幽，只迴盪蘇我的跫音，出了半掩的大門，看見碧翠絲站在街上仰望月光。

「妳怎麼跑來了？」蘇我問。

碧翠絲一語不發。

夜風揚起濃郁的花香。

「生氣了？這次是代姊對不起妳，以後絕對不敢了。」蘇我笑道，溫柔地撫著碧翠絲的小腦袋瓜。見碧翠絲仍背對著他，蘇我語氣更輕柔道：「我想那邊有安格拉照應，獅王爺也忌憚妳的身分，才會先帶走孫起跟奧莉嘉，再說了小碧最擅長追蹤，一定會發現我留下的記號不是？」

「蘇我代，你可看清楚了。」碧翠絲稚嫩的聲音突然變得生硬。

「妳……」蘇我撤回手，往後退了幾步。仔細一看，碧翠絲並非賭氣，那身影散發一股令人寒顫的氣息。

碧翠絲緩緩轉過頭，魅惑一笑，卻暗藏殺心。

「洪秀禎！」

碧翠絲身形慢慢扭變，拉長成姣好身段，一襲白洋裝化為烈紅高叉旗袍，額頭浮現桃花倒十字紋。風韻迷人，絕代傾城，震動帝國十四載的太平天后。

「你的真情感動了朕。」

蘇我摸向腰間，但不動尊放在房裡未帶出來。他趕緊摸了摸臉，確認這是不是夢。

「在天都的時候朕就知道你深情，想不到你能為了他來到雷山，人間之愛，莫過於此。可惜，你情意再深，始終難得佳音。」洪秀禎輕盈盈地走到蘇我身旁，飄散馥郁香味，那味道莫說能勾得男人失魂落魄，哪怕女人也抵擋不住這魅力。

「上次我能傷妳，這次也不例外。」

眼前絕非虛夢，多半是洪秀禎殘付在奧莉嘉身上的靈力發作。蘇我雖沒有不動尊在身，但此時洪秀禎不過是一小部分靈力化身，並不足為懼，只是她既敢出現，必定準備了什麼手段，蘇我還是得謹慎應對。

「朕相信你的能力，只怕你心裡糾葛難解。」

蘇我驚覺大街恍然變幻，莫名詭異的光攪亂黑夜。

「這地方熟悉嗎？」

洪秀禎揮手甩了蘇我一巴掌，蘇我正要反擊，竟聽見熟悉的語言威嚴吼道：「你穿得是什麼樣子？我怎麼生了你這樣的兒！」

蘇我傻楞地看見自己跟前穿著中年男人綁著月代頭，穿肩衣和長袴，氣憤地緊握腰間飾有上揚紫藤花紋的打刀。

蘇我的怒氣一下煙散，臉頰上的掌印熱辣灼痛。

「畜生，天譴，妖怪！」中年男人踹翻茶几，摔壞花瓶，扔下脇差怒喊道：「你想當女人，可以，把那玩意給切了，從此不准姓蘇我！」

那個中年男人，蘇我的父親，像是恨不得斬下他的腦袋。

蘇我惶恐地張望四周，明亮而陰鬱的房間彷彿長著尖刺獠牙的魔獸，眈眈等待吞噬他。這是蘇我久遠塵封的記憶，逃離故土後雖然偶爾會想起，但他以為經歷這些年舔血生涯早已釋懷，甚至跟人談笑回憶時毫無疙瘩。

可如今難堪的回憶歷歷在目，每一幕緊緊咬痛曾經的傷疤，這讓蘇我明白無論淬鍊的多麼堅強，心裡總有脆弱地無法觸碰的一塊。

「妳以為用幻術就能擊潰妾身？」蘇我堅定心志，以免中了洪秀媜的陷阱。

沒想到他的父親衝上前，又狠刮一個耳光，這一打遠遠超乎皮肉之痛。就在父親拔刀之際，向來溫婉的母親挺身擋在兩人中間，激動地說：「不管代兒怎麼樣，都是我的骨肉，有著菩薩心腸的好孩子，你如果想解恨，就殺死我這個生不出你理想繼承人的妖母！」

蘇我心裡一慟，澈底想起這個畫面。那天蘇我家舉辦大宴，將有許多達官顯貴出席，父親再三叮囑蘇我必須穿正裝，雖然蘇我家已是沒落豪族，但大家風範猶存，父親想藉此宴告知眾人蘇我家的繼承者絕對會光耀門楣，而非外面流言是個異裝癖。

但蘇我竟著了一身大花樣的美麗振袖和服，光采嫵媚令在座客人無不驚豔，紛紛投出想一親芳澤的眼神。蘇我看見父親按住怒氣，示意手下趕他出去，但很快有人發現眼前的美人正是蘇我家繼承者，一時場面尷尬，有幾個喝醉的還大開玩笑，那些輕薄之語惹怒素重排場和面子的父親，一氣下也顧不了禮節，命人把鬧事的全攆出去，草草結束宴會。

那天也是蘇我最後一次見到父親，母親誓死捍衛他的景象，絕對比觀音菩薩還要慈悲。母親愛兒心切，堅毅地說：「不管他變成什麼，我都不會責怪他。」

「好，」父親扔下刀，惡冷冷地瞪著蘇我道：「你若想當繼承人，想當我的兒子，就留下那東西，不然滾出去，我們再也沒有關係。」

蘇我看見不是惱怒的父親，而是期望落空的心碎。蘇我不明白自己只是遵從所想，為何會遭受如此對待，縱然外邊的人不理解，從小看著他長大的父親難道不懂他纖細的心思？

但他不怪父親，畢竟父親為了肩負蘇我名門，承受的責任也非常人可及。蘇我知道父親會從分家覓一位新的繼承人，而他也會堅持自己的道路。

「看夠了嗎？妳若是特地來取笑，那倒不必，妳笑妳的，我問心無愧。」蘇我想到母親護著自己的身影，無不給予他力量，他踏著堅實的步伐，迅疾以手刀斬斷幻象。

父親的聲音與母親的臉龐瞬然消失，周圍也變回沉靜的街道。

「妳比張紀昂那牛脾氣堅強，比小美人還要剛毅。」洪秀媜浮在半空，似乎很滿意蘇我的表現。

「再不安分，送妳成佛。」

「不會的，除非你想殺了小美人，不過朕無法確定你沒有這個心思。殺死他在意的，然後嫁禍於朕，由你收穫，這是很簡單的方法。」

「想離間的話還是算了，妾身不會上當。」

「是的，真可惜，你信仰的這麼虔誠，路途卻如此坎坷。就像天父口口聲聲愛著信徒，仍降禍於世，看癡昧的人們著受苦。」洪秀媜緩緩下降，湊到能感受彼此鼻息的距離，「祂給不了的，朕能給，祂做不到的，朕能成為真正全能的真主。」

洪秀媜閃爍明光的眼眸真摯地盯著蘇我。

「若真是全能，妳就不會慘敗天都。」

「聰明如你，莫非猜不到朕的意圖？」

「不知道，也不想猜，帝國或太平天國都與妾身無關。」蘇我懶得再搭理，要不是怕危害奧莉嘉的性命，他一定毫不猶豫斬殺洪秀媜。

「好個無情的有情人，朕不跟你談國事，只說你所惦記的。」洪秀媜手負於背，姿態妖嬈地繞著蘇我，說：「你以為去了齊雲山，小美人的問題就能迎刃而解？」

蘇我這才知道洪秀媜一直都聽見他們說話，於是他戒備地說：「如果想求我救妳，只怕是浪費時間。」

「不，朕自有打算，倒是你不擔憂嗎？」洪秀娘泰然道。

「妾身可不像妳這麼多小心思，我當然希望奧莉嘉脫離妳的掌控，至於孫起如何答覆，我欣然接受。」

洪秀娘搖頭道：「張紀昂要怎麼驅除朕在小美人體內的殘魂，難道一輩子將她關在齊雲山？呵，聰明如你，想不到嗎？」

洪秀娘的話點名蘇我的思路，想起張紀昂對一直支支吾吾，蘇我立刻浮現不好的預感。洪秀娘之所以引奧莉嘉去霍山，正是因為奧莉嘉元氣大傷，需要靠霍山精元續氣，最終都是為了替洪秀娘復活做準備。

即使去了齊雲山，也不會改變奧莉嘉作為洪秀娘靈魂載體的現況。要驅走殘魂，又不傷害奧莉嘉，最直接的辦法就是注入新的力量。

「孫起該不會想——」蘇我眉頭一皺，訝異地看著洪秀娘。

「其實這不難猜想，張紀昂為了救小美人，寧願成為朕的義人，又何懼犧牲其命。」

洪秀娘說得沒錯，照張紀昂的性格，肯定會以命換命。

蘇我忖度張紀昂夜談時淡然的神情，定已做好最壞的打算。

「那個笨蛋……」蘇我不禁感到一絲哀傷，張紀昂明明說等解決完奧莉嘉的事，就會正式給出回答，雖然蘇我本就不抱期待，只是一直遵循內心所想去喜愛張紀昂，可是張紀昂若真的這麼做，豈不是打從一開始就不打算回應，這無非讓蘇我更感痛心。

儘管知道張紀昂不願傷害他，可是他寧可得到一個果決的答案，也不要看似溫柔的殘酷。

「以你的聰慧不可能想不到，只是你不願面對罷了。」洪秀娫見蘇我的心理已出現破綻，莞爾道：「你什麼都好，只可惜不是女人，你的信仰使你諷刺地活著，但朕能讓你完美，心底再也不必懸著一塊痛疤。」

女、人？蘇我表情嚴肅地看著洪秀娫，內心則大掀波濤。他原忖能這個身分安然於世，但見到方才的回憶，深藏心裡的冀望又蠢蠢欲動。

洪秀娫說：「信朕，總比求丹藥來得實際。」

這話令蘇我幾乎守不住，確實他曾因厭惡男兒身，而遍求古籍仙丹，換來的是差點耗去半條命。但那都是很久以前的事，如今的他已坦然——接受了嗎？

如果那些幻想能變成現實，大大方方以嚮往的身分活著，也許一切都不一樣。

蘇我頓時覺得羞愧。洪秀娫慢慢趨向他，彷彿要給予擁抱，但她卻是摸著自己姣好的身體曲線，媚笑道：「人都想追求美好的未來，朕可以助你一臂之力。」

「我什麼都給不了妳。」蘇我急忙穩好動搖的意念。但不懂洪秀娫為何要拉攏。

張紀昂可以用來牽制奧莉嘉這個「真主賜福之人」，可蘇我只不過是個無家無國的浪人。

洪秀娫像是看透蘇我的心思，笑道：「朕的千年王國福澤天之境、海之涯，億萬蒸民在朕眼中並無不同。」

「這時候還不乾脆點？」

「呵，你當然明白朕需要什麼。」

「不可能，我絕對不會出賣奧莉嘉！」蘇我本能地縮起身子，這麼做像能抵擋洪秀娘銳利的眼神。

「不想出賣小美人，還是不想讓張紀昂怨恨？」

「住嘴。」蘇我怎能答應這種條件，無疑是讓張紀昂怨恨痛心。

「呵，朕不會讓你傷害任何人，你只需知道，朕所謀的是蒼天之下所有生民的福祉。救張紀昂，也是在幫你。」洪秀娘溫柔的聲音像要軟化蘇我最後的防備，「你可以慢慢想，只是時間不多了。」

洪秀娘化作一團火焰，倏地照亮夜空，悅耳笑聲盤繞在蘇我煩躁的腦中。

蘇我緊閉雙眼，似能眼不見為淨，昏昏沉沉等待夢魘散去。

※

「藥會不會下得太重？萬一真的出事該怎麼辦？」

蘇我在昏沉中聽見愛蜜莉焦急地聲音。

「怕什麼，妳不會怕了吧？別忘了當初妳還很興奮地提意見。」

除了愛蜜莉外，還有另一個蘇我沒聽過的聲音，聲色很媚，但語氣相當強勢，這當然不會是張紀昂跟奧莉嘉。只是蘇我覺得很累，根本張不開眼睛查看情況。

「是沒錯……我、我只是擔心弄不好會出意外，那我們就做白工啦。」

「就知道妳這傢伙會突然退縮，從以前就是了，緊要關頭一定惹麻煩。妳也是故意報錯位置的吧？」

「不是啦，唉唷，因為……蘇我上尉是好人啊。」

「這件事本來就跟他沒關係。再說了，他一個不男不女的通緝犯，憑什麼跟我搶張大人，做夢吧！」

「看吧，就怕妳像這樣吃醋，才不讓妳來的嘛。」

「說什麼呢，誰吃這個人妖的醋，要也是『惡魔』奧莉嘉。等等，妳承認了吧，果然是妳使詐，害我一直罵路易帶錯路。」

路易正是愛蜜莉豢養的老鷹，由此能推斷跟愛蜜莉說話的是她同在常勝軍的夥伴托斯卡那。

蘇我腦袋雖暈沉，依然冷靜靜觀其變，繼續聽兩人究竟搞什麼名堂。

「我的意思是如果藥下得太重就不好啦，別忘了五國公使團開出的條件是活捉『惡魔』奧莉嘉，而且妳也不希望張營官受傷吧。」

「說得也是。不過這個人妖讓我心煩，乾脆殺了他。」

聽見托斯卡那再次用鄙夷的言詞，蘇我多想起身搧她一巴掌，但事態未明，他還得忍一會。

「不可以——托斯卡那，妳好像說得太過分了，蘇我上尉只是喜歡張營官而已，沒必要把他扯進這件事情。還是妳對自己沒自信？」

「笑話，我連『惡魔』奧莉嘉都不放在眼裡，何況一個人妖。」

愛蜜莉斥道：「喂，別這樣稱呼蘇我上尉。」

「好好好，反正把他丟在這兒就行了，然後按照原定計畫把『惡魔』送到公使團那領錢。」

「張營官怎麼辦？」

「嘻嘻，妳沒看見張大人傷得多麼嚴重，當然交給我慢慢治療。」

蘇我完全明白這兩人打得主意，原來愛蜜莉想捉捕的珍稀獵物就是奧莉嘉。

「妳這麼喜歡張營官啊？」

「當然，妳不覺得張大人非常帥嗎？」

「是啦，但我覺得——」

「而且帥是其次，我永遠忘不了張大人在紹城救我的英姿，我這輩子都沒見過這樣的英雄，所有騎士都比不上。」托斯卡那用崇敬的語氣感嘆道。

愛蜜莉確實說過張紀昂救過常捷軍的事，蘇我也記得那場仗常捷軍遭遇狂屍伏擊，指揮官還因此陣亡，情形可謂凶險萬分，張紀昂在那種情況下還能反敗為勝，怪不得托斯卡那會將之捧為英雄了。

躺了一會，蘇我感覺身體沒有剛醒時不舒服，是時候阻止那兩人一搭一唱。還得趕快找到張紀昂跟奧莉嘉。

「可憐的張大人一定是中了妖后的邪惡法術，才會迷戀『惡魔』奧莉嘉那種瘦巴巴的小竹竿，更慘的是還被一個人妖糾纏。」

「好啦好啦，我知道妳很喜歡張營官，」愛蜜莉打斷托斯卡那的汗皚，說：「反正我們說好不能傷害無辜。」

「我本來就不想添麻煩，快走吧。」

「我留一些食物跟錢給蘇我上尉——」

「不必麻煩二位了。」

當愛蜜莉轉過身來，蘇我好端端站在兩人面前，不悅地盯著愛蜜莉身旁只到她肩膀的托斯卡那。

托斯卡那有一頭及腰的燦金長髮，比起奧莉嘉的金髮還要耀眼，並綴飾小珍珠串成的漂亮頭飾。眼瞳是綠色的，如同寶石般閃亮光澤，眼睫毛相當濃密。穿著修飾曲線的直身火紅洋裙，中間別了一條黑腰帶，讓雙腿比例看起來更為修長，雙手則戴著黑絲絨手套，還托著一個到腰間的圓弧木箱子，不說話時散發優雅的貴族氣息。

「妳醒了？」

「妾身乃是常勝軍上尉蘇我代，已將方才的對話聽得一清二楚。」蘇我很快就發現這裡已非原本下榻的客棧，看樣子他們被下很厲害的迷藥，否則以他跟張紀昂的反應能力，在搬運時就該驚覺。

「我就說藥下得不夠。」她輕蔑地說。

「我敢說那種藥量連溫迪哥都受不了。」愛蜜莉小聲地說，並慚愧地避開蘇我的視線。

蘇我忖是昨晚進入洪秀媜的幻夢，才會影響到藥效。

「聽好了，我是赫德嘉・馮・托斯卡那，馬提亞斯大公的第三個女兒，張大人的新娘。」

「真敢說呢。」蘇我揚起嘴角，「妳還不足妾身三分之一美。」

他四周轉了一眼，沒看見不動尊，由於尚不知道赫德嘉的實力，也不能輕舉妄動。

赫德嘉臉色瞬間變得難看，但一下又恢復自信的笑容道：「長得好終究是個男人。」

這一下反戳中蘇我的心病，本來昨夜的回憶已讓他難受，赫德嘉又接連羞辱，更令他醞釀著怒火。

但蘇我依舊維持笑容，眼下還是得先摸清楚狀況。

愛蜜莉見氣氛越來越尷尬，試圖緩頰道：「那個，代姊，請妳聽我解釋。」

愛蜜莉說得很心虛，畢竟蘇我早聽見剛才的對話。

赫德嘉不屑地笑道：「代姊？連真主也不忍心看到的稱呼啊。反正你都知道了，要嘛乖乖當啞巴，要嘛繼續躺著，至於要躺幾天我就不知道囉。」

「還有一個選擇，打倒妳們。」蘇我特地看向愛蜜莉。

「那真是遺憾呢，你好像沒有傳說中的聰明。」

「是的，出手也會比傳說中還狠。」蘇我一邊跟赫德嘉周旋，一邊思考如何突破。愛蜜莉雖想拿賞金，但此時看起來相當兩難，要是真動手大概只會在一旁勸和，因此不需顧忌，棘手的只有赫德嘉。

但沒有不動尊在手，蘇我難以使用北辰五行流的招式。

「沒武器在手很緊張吧。」赫德嘉指尖輕敲圓弧木箱子的頂端，木箱便往兩旁卸開，中間站立著一把細長堅實的小提琴琴弓，通身圍繞著美麗的花紋。

蘇我端詳一番，想起漂泊海外時曾在護衛某個位高權重的王公時看過一柄用極為特殊合成鋼鑄造的彎刀，這種鋼被稱為「大馬士革鋼」，濾聞沾染異教惡魔之血，能輕易削斷重裝盔甲。只是這種工藝已失傳百餘年，蘇我當時看見的也是那位王公家族世代流傳的傳家之寶。

「大馬士革鋼，這可是非常難得的珍品。」赫德嘉得意地甩了甩琴弓：「花了我很大的力氣才鑄好。」

「可惜用在妳手上。」

「意思是談判破裂囉。」

愛蜜莉急忙勸阻道：「不要啦，要是打壞了還要賠錢耶！」

但莫說她們倆想抓奧莉嘉領賞，光是為了張紀昂，今天這架就非打不可了。

「不把劍還我嗎？還是妳想勝之不武。」

「我們很忙的，只要趕快打倒你都無所謂。」赫德嘉冷笑道。

勢在必行了。蘇我莞爾，北辰五行，風火水雷，皆以刀身承載天地元素之氣化為招式，然而第五行的空則是斷其根本，閉六根五色而開通意念境界，致使五能全發，手中無刀而身是刀。能掌握箇中精巧者只有掌門以及修為甚高的少數前輩，其餘人或可掌握一些竅門，但離領悟還相差甚遠，更談不上得心應手。

蘇我在北辰五行流中已算佼佼者，但也只粗通第五行，他不想動武，但這個高傲的女人逼他不得不出手。他集中精神，煉氣聚發，以身為刀，彷彿與不動尊合而為一，眼睛一眨，空氣倏然振動。

赫德嘉揮起琴弓，發出一聲脆響。

「哦，這個倒很有趣。」

蘇我見赫德嘉持琴弓的模樣並不像劍術高手，恐怕連普通門生的程度都不到，但反應之快足可媲美碧翠絲。可是蘇我並未觀察到她有什麼特別的能力。

「別過來，他現在可是很認真，說不定連妳都砍。」赫德嘉看著一直試圖制止他們的愛蜜莉說。

蘇我再次凝神，飛踏驟進，朝赫德嘉殺去。

赫德嘉以笨拙的方式閃開攻擊，身後的牆壁立刻出現一道裂痕。這讓蘇我詫異，因為赫德嘉看起來就像早已預知他會怎麼出手。

相較赫德嘉的從容，愛蜜莉緊張地不停搓手，她根本不希望和蘇我起衝突。

緊接著蘇我移動到赫德嘉面前，忖這麼近的距離不可能被閃過，他調整力度，這擊下去至多讓赫德嘉斷兩三根肋骨，畢竟他也不想讓愛蜜莉難做人。未料赫德嘉巧妙避開，順手往上一揮，一抹血痕出現在蘇我的手臂上。

正當赫德嘉得意時，蘇我突然握拳，氣從意走，削向她的腹部。愛蜜莉慌忙使用圖騰之力，飛快推走赫德嘉，但赫德嘉似乎早看出蘇我會來這招，竟趁愛蜜莉介入時，蘇我跟著收力放慢速度，直接用琴弓穿過愛蜜莉手臂與軀幹的空隙刺向蘇我。

蘇我雖即時後撤，仍被刺中胸膛。這一刺令他暗忖大馬士革鋼果然無比鋒利。幾招下來，蘇我漸漸無法招架，由於五能全發需要集中精神，達到精神清明，殘留在他體內的藥物成了最大阻礙，加上他本就對此法不熟悉，因此消耗更為巨大。

蘇我一鬆懈下來，身體立即疲憊不堪。這一次用得太倉促，何況心神紊亂，很容易陷入混亂而遭反噬。

赫德嘉打算趁勝追擊，布滿青銅符文的愛蜜莉阻攔道：「夠了吧，蘇我上尉已經無法還擊，別再多添麻煩了。而且藥效也有時限。」

赫德嘉笑了笑，「放心，妳以為我是殺人狂啊。」她說完便轉身將琴弓收回木箱內。

「這次就算了，但記住了，張大人是我的。」

「快走啦！」愛蜜莉趕走她。

愛蜜莉攙扶蘇我坐到床上歇息。

「代姊，抱歉，我真的不知道該怎麼道歉才好，可是我真的沒有惡意……我再解釋都沒用吧。代姊，我會留下解藥跟錢，刀就放在樓下的倉庫。」愛蜜莉愧疚地說，她向蘇我鞠躬後，匆匆跑了出去。

第七章　金劍浮塵

見愛蜜莉離去，蘇我想追上，可一起身就感到暈眩，只能坐回床上休憩調整內息。

雖非初次使用第五行，但時機太過倉促，更何況五能全開講求意識清明無為不驚，赫德嘉一聲聲「人妖」無不撕開他脆弱的傷口，即使結束戰鬥依然感到紊煩，一股氣鬱塞胸口，導致氣息反噬。

方才吵雜過去後，周圍顯得過度安靜，昨晚的幻夢滲入最細緻的毛孔，父親的鄙夷和赫德嘉的蔑視被無限放大，摧毀母親潔淨的光芒。蘇我像是被扒個精光，赤裸裸，被迫看著鏡子裡羞於啟齒的自己。

現實惡狠狠搧碎堅強。

「如果我是女人就好了。」蘇我嚇得緊咬嘴唇，他沒想到竟會說出這種話，恨不得拍一掌教訓自己。亂痲般的情緒火辣辣地灼傷柔軟的情感，眼眶壓抑住了，但擋不下心底的淚。

蘇我甚至想若真的滾出淚珠，讓誰見了是否會遭責罵男子漢哭什麼？

胸膛正汩汩出血，要是不趕緊穩住心緒，恐怕會因氣血流速過快而失血過多。儘管將嘴唇咬出血印，也抑不了酸楚。

何況越想避開，腦海更清晰浮現張紀昂和奧莉嘉的臉孔，蘇我備感羞愧，他認為是自己無法堅守心志，否則也不會讓赫德嘉有機可趁。

蘇我按住傷處，再次運調呼吸，平緩血液流動。

風火水雷，四象歸空。越想內心清澈，越攪起渾水，但蘇我還是慢慢平復了。

沙沙——忽然有聲音接近，蘇我停止動作，他確定那不是愛蜜莉或赫德嘉，而是相當熟稔的不安氣息。

狂屍。肯定是來找奧莉嘉的下落。

蘇我好奇赫德嘉究竟將他們運到何處，短短一夜不可能離昨日下榻的小鎮太遠，此時獅僧跟霆字營巡遊霍山，附近諸城也有兵馬把守，狂屍居然能堂堂入內。

氣息越來越近，蘇我趕緊起身，尋思找個地方避其鋒芒。這時一道修長的身影佔據門口，黃帽綠髮，鳳紋黃馬褂，腰間一把懸浮金劍。來者有一張儀態溫和，高貴氣派的瑰麗臉龐，只是臉色蒼白，似乎受了嚴重內傷。雖如此，能掩不住如洪秀媜般的強大氣場。

蘇我巧妙擋住胸口，隱藏傷勢。

「久聞盛名，蘇我代，天后最後的義人。」

「妳是誰？」聽見對方這麼說，蘇我便知自己暫時沒有危險。

「太平忠王，榮繡。」她從容不迫念出名號。

忠王。這名號對帝國人來說名聞遐邇，特別是「一柄金劍滅南營」的威名，令湘、淮軍皆視為心腹大患。

先前圍攻天都時，眾人以為榮繡會在城內應戰，直到城破卻不見蹤影，沒想到她竟在此地出現。

蘇我忖莫非這座城的守軍都已被榮繡殺光。

「妾身擔待不起義人之名，莫忘妾身可是差點刺殺妳的王。」

「天后乃是唯一真主，與千年王國同在，永垂不朽。天后之兄彌賽亞也曾被親暱信徒出賣，凡舉真聖寬宏仁愛，不辭萬里也會帶回迷失羔羊。」

「若是如此，洪秀娘又何必仰仗奧莉嘉的力量。可惜，妳來晚了。」蘇我雖不喜湘、淮以及朝廷的態度，但同樣對太平沒有好感。

「既找到你便不嫌晚。」

「聽好了，妾身不會拜服洪秀娘。」

「沒有人能拒絕天后的恩賜。比起這個，我們現在可是目標一致。」

「恐怕搞錯了吧，妾身是要去救人。」

「倒也是。」榮繡蒼白的臉勾出笑容，「縱使倒不出手，底下尚有上百狂屍，只怕你撐不到門口。」

蘇我知道榮繡不是在開玩笑。

「蘇我小姐，既然咱們目的一致，何不結伴而行。」

「哦？」蘇我不得不承認這聲喊得他心裡酥麻，榮繡無論語氣或神情都非常真摯，一點聽不出客套，雖不是第一次被如此稱呼，但那些人皆是礙於禮貌或者畏懼，聽在耳裡總是生硬不舒服。

相較碧翠絲跟愛蜜莉作為尊稱，榮繡的笑彷彿是真心將他當成一個真正的女人。

「同路不同謀，到時免不了一場硬仗。」

「倕從來沒把你當作敵人。」

「這話可讓妾身感到慚愧，妾身可是收錢來超渡你們。」

「天后比彌賽亞寬容，比真主更偉大。」

蘇我也不再多扯，實則早已被說動，他忖赫德嘉跟愛蜜莉離去不過半個多時辰，還得拖著兩個人，以狂屍的行進速度要不了多久就能追上，反正榮繡是鐵了心要挾持他，倒不如將計就計跟著行動也好伺機行動。

只是蘇我不解洪秀媜為何非要他當義人。

榮繡點點了頭，輕喊道：「來人。」

立刻上來兩名高大壯實的狂屍，身上還嵌著鱗片般的黑色甲冑，展現非凡的氣勢。

蘇我見之戒備地看著榮繡。

「蘇我小姐莫慌，只是見你傷重，才思忖令這些壯丁抬著走。」

「謝了，妾身沒這麼嬌弱。」

「當心些總是好。」

在身體復原的期間，蘇我也只能先遵從榮繡。

走出房間，蘇我往下一探，看見百餘名同樣強壯的狂屍整齊列隊，雕像般文風不動，神色嚴厲果毅，儼然是千萬選一的精兵。

「久聞『玄甲營』名號，果然氣勢不凡，怪不得忠王爺四年前能殺潰江南大營。」蘇我由衷讚嘆，下方陳列的精銳與獅僧鐵騎相比毫不遜色。

「蘇我小姐過獎了。」

「忠王爺以此兵馬扼守天都，曾總督和李總兵就難過了。」

「俚的想法與蘇我小姐一樣，有玄甲營力守，至少也可取二人其一的人頭。」榮繡的傲氣渾然天成，似乎一出場就注定該踩在別人頭上，可是言談與止間毫無跋扈，反而更讓人感到敬畏。

「不過天后遠見豈是俚能猜測，俚當遵照天后旨意辦事。」

儘管榮繡充滿領導魅力，但每每提到洪秀媜便露出崇敬的眼神。

那兩名玄甲狂屍擔來以竹子製成的轎，中間放了一塊舒適的軟墊，請蘇我上座。

「蘇我小姐不必客氣。」

「勞心了。」蘇我欣然坐上竹轎，並指示他們先往樓下倉庫。

一行人來到樓下，只見一片淩亂，倉庫大門敞開，可見到裡面堆著大量草料。其中兩疊上有凹陷的痕跡，蘇我忖張紀昂跟奧莉嘉原先是被安置在這兒。

蘇我的不動尊安然躺在較高的草料上，未等他發話，榮繡手輕輕一揮，一名玄甲狂屍立馬取來，恭敬地遞給他。

蘇我深知狂屍精銳並非尊敬他，而是服膺榮繡的指揮，這也讓蘇我暗暗佩服榮繡竟能使他們如此順從。

「還有什麼沒辦成？」

「沒了。」蘇我搖頭。

「走。」榮繡慵慵地說。

※

出了這座兩層樓的圓形小客棧，舉目望去已變空城，街上冷清荒涼，連隻牲畜也不見。蘇我忖榮繡是否屠城，可是莫說屍體，一絲血腥味也聞不到，難怪他醒來後一直覺得底下毫無人氣。

「蘇我小姐，你似乎很好奇俚為何能隻兵無損進入此城。」見蘇我不應，榮繡肅穆道：「一旬之前，此城被飽霆洗劫，人畜不留，只因這裡人吃了捻子糧。天都破後，已是第三宗。」

「把他們當成捻子了？」蘇我眉頭微微一皺。

「捻子糧」與捻子並無關係，只是當地人向道士求來祈福後的符水，喝下保平安。蘇我在帝國待了將近兩年，也見過百姓喝捻子糧，從沒見過有什麼問題。

不過蘇我也不相信那些吃捻子糧的全都跟捻子清清白白，只是最讓湘、淮軍頭疼的還是太平天國，收復天都炮殺洪秀媜後，帝國下個矛頭當屬為禍第二的捻子。

「蘇我小姐應當猜到了。」榮繡冷笑道：「那幫人打仗無非為了掙錢，最大的寶庫沒了，索性將喝『捻子糧』的當成捻子，反正東南都是曾剃頭說了算，上面的一聲都不敢吠。」

「忠王爺似乎很氣憤。」

蘇我雖沒親眼見過這支號稱湘軍最強的部隊，但素聞霆字營驍勇且殘暴，如今見他們將此城屠得不著痕跡，彷彿將這些人澈底抹殺於世間，似乎也不足為奇。

「若張紀昂也在，他恐怕會比倕更憤怒。」

蘇我不禁頷首，慶幸張紀昂被藥弄暈，否則要讓他見了此景，根本不敢想後果。只是曾總督雖然會殺投誠狂屍的百姓立威，可沒見過他連沾上邊的都不放過，但考慮到幹這事的是鮑霆，也不無可能。

鮑霆之威並不只因其麾下兵強馬壯，屢奪頭功，早在曾總督還沒官拜封疆大吏時，那時聲明更赫、負責統籌地方團練的胡巡撫已相當看重鮑霆，甚至主張讓鮑霆練兵獨立領軍，號為霆軍，但表面還是受湘軍節制，所以稱霆字營。

因此鮑霆很有可能是為奪功而屠城。

「鮑霆屠城猶如拿刀狠狠割下倕的心頭肉，那些百姓何其無辜，蘇我小姐不這麼認為嗎？」

「世上有人得利，便有人失利，妾身只是個唯利是圖的傭兵，怎比得上忠王爺的胸懷。」蘇我盯著榮繡，「這不也是洪秀媜的一步棋。」

蘇我雖也厭惡濫殺，可是他時時提醒自己不能在榮繡面前輕易表露情緒。

榮繡看出蘇我的心思，說：「你若是見利趨利之人，一不會甘願拋下家主之名忤逆父親出走，二不會為了國家和洋人打沒勝算的仗。」

「弱肉強食乃不變道理，自強保身昂首挺立才是正途，仰賴誰都無用。這是妾身淺見，忠王爺姑且聽笑之。」

「蘇我小姐說得實在，靠人的終會受制於人，永遠做不了主。帝國幾千年更迭亦是，西洋諸國更是如此，說到底這些爭鬥本無善惡，換誰當家不過是升抬勝者的益處。」榮繡將頭枕在手上，側著身體看向蘇我，說：「唯民開智，方能推翻世道不公，遵循天后腳步，才有寰宇太平。」

說來說去還是捧回洪秀媜。

蘇我臉色一沉，說：「看來世界諸國上千年來的紛爭在王爺面前不過是小打小鬧，不值一提。」

「天后愛民如子，福澤天之境海之涯，領著受難百姓起兵焉是為爭權奪利，自是為淨化人心，奪回人之主權，築成千年王國大願。屆時四海一同，萬民平等，互愛互持，不再為紛吵攻伐，那才是真正該爭的自由。」榮繡侃侃說起洪秀媜定下的宏大藍圖，說到興頭上，便坐起身來，虛向蘇我的竹轎，「那時不有男尊女卑，不看身分貴賤，不再種族敵視，不見宗教仇殺，甚而所有的愛再無差別，那時蘇我小姐又何必在意自己是男是女。」

蘇我聽了渾身起雞皮疙瘩。原來洪秀媜所說能讓他變成女人並非生理上的改變，而是要消除世上一切歧念，尊重每一樣選擇。

蘇我聽了不免感到自慚形穢，他拘泥的身分之別比不上洪秀媜想得深遠。

說實話蘇我被觸動了，那是他曾經盼望過的世界，霎時他覺得一臉肅穆闡述遠大理想的榮繡簡直是知音。

「忠王爺雖不是人類，心思倒比人細膩。」蘇我還是藏住悸動。

「呵，不是人，才能想得比人更多。蘇我小姐，你可認同天后想創造的千年王國？」

「顯然妾身無法奉她為神。」

「天后跟她的父親不同，不需人的膜拜。」

「哦，那她想要什麼？」

「俚不敢妄猜，但天后絕對與你所想的神不同。」

「忠王爺，當初妾身來帝國是拿錢渡你們，現在常勝軍已經解散。」

「所以我們不再是敵人。」榮繡笑道。

「也不是朋友。」蘇我清楚地劃下界線，「若忠王爺有大同世界的想法，為何說起鮑霆等人仍充滿怨怒？」

「只因俚沒有天后的境界。可惜俚有天后頒下的要務在身，否則早殺了他們。」

走出寂靜的死城，玄甲營開始快速移動，但蘇我坐在竹轎上沒有感到絲毫晃動。以玄甲狂屍的速度，要是他們在霍山時就被盯上，根本逃不出手掌心。

可是榮繡卻等到赫德嘉她們離開，才慢悠悠進來，根本不像急著抓奧莉嘉的樣子。蘇我篤定榮繡暗地裡在策劃某個計謀，但不管如何，奧莉嘉身為洪秀媜復活的重要一環，榮繡當然不可能眼睜睜看著赫德嘉得逞。

蘇我唯一煩惱的是到時該如何從這支精悍的部隊突圍，他自信只要休養身體，配合不動尊應當沒問題，只是還得帶上幾乎沒有戰鬥力的奧莉嘉。

玄甲營果然名不虛傳，不但行動迅速，而且不發聲響，猶如林風輕拂，一下就悄悄避開好幾支巡遊的兵馬。

日近黃昏，玄甲營停在一座倚靠溪流的小村莊附近，榮繡命令全營停下，百名狂屍驟然停步，靜若大山。榮繡比了個手勢，抬轎的穩穩放下竹轎，接著全體一哄而散。

蘇我笑問：「忠王爺玩什麼花樣？」

「俚怕他們嚇到村人。」

「哈哈，忠王爺的模樣恐怕就夠村人驚嚇了。」蘇我笑道：「再說王爺不怕妾身趁機反殺？」

「這點俚不擔心，蘇我小姐萬不會這樣做。假使俚真的錯看了，應付一場還不算費力氣。」

「挺有自信。」蘇我看得出榮繡內傷極重，此時若全力出手，榮繡十之八九會死。但蘇我可以感覺到上百雙眼緊盯這兒，真要打起來也得經歷一番苦戰。

榮繡走在蘇我面前，後方毫無妨範，似乎早將蘇我當成自己人。

「你看，這兒是不是很美。」

蘇我望向炊煙裊裊的樸實村莊，一派怡然悠閒。但就在五里開外，才見到一支盤桓於此的官軍，衣服上繡得是「兵」，蘇我判斷他們是據守於此的綠營。

「忠王爺不怕村人告密，就方才見到的幾支兵馬加總也有三、四千人。」蘇我好奇榮繡為何要佇足在離官軍這麼近的地方。

「那又如何？」榮繡嗤道。

「就算玄甲營不怕那些烏合之眾，難道不怕村人告密，引來鮑霆或獅王的兵馬，妾身相信他們對忠王爺的腦袋格外有興趣。」蘇我可不想招來這些難纏的人物。

「蘇我小姐無須擔憂，只跟俚走便是了。」

但蘇我怎能不擔心，榮繡跟虞念花不同，她外表邪魅，一看就知道不是常人。可是看榮繡神態愜意，似乎早了然於胸，蘇我忖這村子也沒有表面看起來這麼純樸簡單。

直到榮繡走了幾步遠，出神的蘇我才趕緊跟上，不一會便遇上一群方從田裡回來的莊稼漢，一幫人都愁著臉。這些村人一見到榮繡，全都驚楞著，彷彿一個個都被嚇破膽。

其中一個年歲較大的中年漢子突然向榮繡跪拜，誠敬地說：「忠王爺一路辛苦，小的們可是日日盼著您到來。」

有中年漢子開頭，其他人也趕緊丟下釘耙鋤頭，朝榮繡敬拜。

「這裡果真是與狂屍有關？」蘇我並未在村人身上感應到狂屍氣息，但在錫城就已證明狂屍變回人時完全沒有異樣。因此蘇我還不敢妄下定論。

「是也，非也，天之境海之涯皆是天后福澤之地。」榮繡扶起中年漢子，親切笑道：「鄉親們快起，俚說過不可拜大禮。」

中年漢子起身後，難掩激動道：「忠王爺，我們可等得妳好苦。」

「先前天后遣俚去辦差，因而耽擱時辰，鄉親們莫要見怪。」

「哪裡，只是村裡人都想念忠王爺。天后跟忠王爺都是菩薩心腸，小的感恩都來不及，怎麼敢見怪——」中年漢子忽然意識到自己說錯話，連忙又跪下道：「小的胡言，小的嘴笨，忠王爺別放在心上。」

後邊的年輕小伙也跟著惶恐下跪。

「鄉親們不可拘禮，菩薩也好，真神也好，天后並不在乎何種名號，天后所想的不過是讓四海之民能有真正安樂的生活。」榮繡攙起中年大漢，溫和地說：「若再如此，俚怎麼好意思請你們幫忙。」

中年大漢說：「能幫忠王爺是小民們三生之德。對了，王爺別在村外逗留太久，最近一直有官兵在附近巡邏，要是被探子探見就不好了。」

「他們可有騷擾村子？」榮繡瞬然眉頭一緊。

「跟之前一樣，用些吃喝打發，還不算大事。」中年大漢瞧著蘇我，問：「這位漂亮姑娘是哪位王爺？」

「他是俚的朋友。」

「那自是咱村的客人，快回去告訴他們忠王爺帶朋友來了，準備好菜招待。」

兩人便在一群村人簇擁下進村。

榮繡問：「蘇我小姐有心事？」

「妾身在想，王爺似乎不著急奧莉嘉的下落。」

「有玄甲營跟著，俚自然不急。再說這村裡正傳染時疫，俚不能放任不管。」

「王爺可真有心思。」

「蘇我小姐不必操煩，天后知道俚辦事向來無誤。」

「看來打從霍山開始，我們都成了忠王爺的棋。」

幾乎全村攜老扶幼聚集到打穀場，破舊沉靜的村子一下子熱鬧起來，男男女女爭著要和榮繡說話，彷彿見了活神仙。蘇我發現這些人身旁都帶著一兩個面色發白的病人，環顧一圈，起碼有百十號病患。

病者不只面無血色，眼睛混濁，髮絲也明顯乾燥無光，更是一副有氣無力。病情比蘇我想得還嚴重，照此繼續擴散，不出一個月這村子恐怕沒有不得病的。

村人衣服上的大塊補丁與榮繡一身鳳紋華服形成強烈對比。

「把病人全帶到宗祠。」榮繡吩咐中年大漢。

中年大漢點頭稱是，立刻吩咐年輕壯漢分頭下去執行。

榮繡帶著蘇我來到位於村子最北面的高地，那裡矗立一座磚砌的宗祠。榮繡熟稔的推開祠門，裡面整潔乾淨，看起來每天都有人打掃過。

宗祠上除了村人先祖牌位，還奉有各路神仙，洪秀媜的也在其中。

蘇我在陳舊的桌子看見十來碗混著黑渣的水，說：「村外的官兵可找到好理由了。」

「這裡本就貧瘠，賊官又徵收無度，村人沒錢請大夫，只得將就喝捻子糧，拜得神也越來越多。」

「忠王爺也會治病？」

「不難，只是偓無法長留於此，因此疫病難消。」

「那麼這次王爺是要澈底斷除病根？」

「此乃其一，其二過蘇我小姐過會便知道。」

蘇我還想再細問，此時迎面一個身材清瘦的小女孩捧著一口木盆走來，看上十四、五歲，但肉還沒碧翠絲結實。蘇我不禁心疼起這個面黃肌瘦的女孩，一雙纖纖小手簡直是皮包骨。

小女孩雖灰頭土臉，但遮不住端麗樣貌，蘇我忖這要是打扮一番肯定好看。

小女孩怯生生的看著蘇我，只敢站在檻前不敢動。

「妳叫什麼名字？」蘇我笑問。

榮繡朝小女孩莞爾，她才害羞地答道：「紅槿。」

「紅槿花？」

「是的。」紅槿怯生生地說。

「花是深紅葉麴塵，不將桃李共爭春。今日驚秋自憐客，折來持贈少年人。」蘇我脫口吟詩。

「戎永州的詩，蘇我小姐真有雅興。」榮繡走來接過木盆，裡面放著八分滿的生米。

「我、沒唸過書，不懂王爺的意思。」紅槿緊張地說。

「沒事，我替妳換身衣裳，綁個辮子好嗎？哎呀，我忘了包袱放在昌城的客棧。」

「蘇我小姐可別嚇著小姑娘。」榮繡揮袖，掃開桌上的捻子糧，將木盆放上去。

「紅槿，妳阿爸說妳忘了拿東西。」外頭又響起一個年輕人清朗的聲音，只見一個高瘦的年輕男子捧著小麻袋急急走來。他看見榮繡跟蘇我，連忙拜道：「抱歉，小民不知道忠王爺已經到宗祠了。」

「快起，以後不得再拜。」

「小的寧願拜忠王爺跟天后，也不願跪給那些官。」年輕人起來後將小麻袋交到紅槿手上，吩咐道：「以後別忘了，要是給忠王爺添麻煩可不好。」

「李良，你父親可安好？」

「比上個月還嚴重，一直盼忠王爺救治，方才也是在家裡照顧父親，才沒來得來及迎接。」

紅槿羞著臉接下小麻袋，蘇我也會意了這兩人間的關係。

「莫慌，偓這次包準消除疫病。」

「謝謝忠王爺。」

見李良又想跪，榮繡揮了揮手，「紅槿，送他出去。」

「是。」紅槿將小麻袋放到那盆生米旁，低著頭羞答答跟著李良出去。

「年輕人的心思總是有趣。」蘇我笑道。

「他們父母尋思著等村裡疫病過了，讓兩人趕緊辦婚事沖喜。」

「王爺必是座上賓了。」

「那時偓還不知身在何處。」榮繡坐在桌旁藤椅上安歇。

蘇我說：「忠王爺的治病法莫非是將村人轉身狂屍？」

「成為狂屍自然不懼病痛，但非人人都願意。蘇我小姐不必擔心，天后從不勉強子民。」

「是嗎，她對妾身，還有孫起跟奧莉嘉的態度可沒這麼隨和。」

「你們都是共成大業之人，多了一份重責。」

「妾身可沒答應。」

榮繡望了望天色，打開小麻袋，裡面放滿了紅白橘三色花瓣和一堆青草，她緊捏了一把，再灑到大堂上。

「時辰差不多了。」

※

等夕日冉冉落下，患病的村人一一被攙到宗祠前排隊，由紅槿負責叫人進來。蘇我坐在一旁看榮繡如何施展醫術，但不見她望聞聽切，只是將麻袋裡的花草揉成一團，然後緊盯病患。

連續看了幾個，蘇我明白箇中門道，榮繡根本不懂醫術，她是在用自己的力量幫人去病。蘇我越看眉頭越皺，榮繡本就受了嚴重內傷，現在還要消耗力量治療這百十號病患，等同又分去半條命。

「忠王爺——」

「抱歉，治療時請勿說話。」

蘇我只好靜靜看著榮繡。堂堂太平忠王竟為了這些村人連命都可以不顧，甚至還把奧莉嘉的事放在其次，蘇我不懂榮繡到底怎麼想。

其實把這些病人變成狂屍還省力些。

一個時辰過去，好不容易才看完所有病患，此時榮繡臉色更加虛弱。

蘇我終於憋不住，問道：「妳要是死在這裡，洪秀媜能放過妳？」

「正好遂了蘇我小姐的心。」榮繡露出委靡的莞爾道：「這次的時疫非同小可，若不盡早去除，恐怕會傳染附近諸城。」

「真是傻瓜。」蘇我無法把這個軟心腸的和殺盡江南大營、令人聞風膽的忠王做聯繫。他相信洪秀媜肯定不會這麼幹，比起阻止疫病，布局千年王國才是頭等大事，否則怎會在天都甘願損失十萬狂屍。

想到這層，蘇我忍不住心疼榮繡為百姓奉獻的精神。

治療結束後，村人殺雞宰豬舉辦大宴款待，面對眼前豐盛菜餚，榮繡完全沒有胃口，只是舉碗與村人相飲，心領盛情。蘇我身體還傷著，跟榮繡一樣也沒吃多少東西，他忖這傷大概還得再休養一宿，明日晨出便可復原九成，到時要從玄甲營突圍已非難事。

紅槿一直在榮繡身旁伺候，不時投眼神到李良身上。

「忠王爺沒見到小姑娘的心思在轉。」蘇我笑道。

「去吧，晚宴後再領倕跟蘇我小姐到後山。」

「是。」紅槿雖然面無波動，蘇我看得出她內心喜悅。

紅槿端了碗坐到李良身旁，兩人相依又急忙避開，羞澀曖昧令蘇我看得忍俊不住，心裡也泛起一股酸甜。

「蘇我小姐是否憶起年輕往事？」

「忠王爺莫要恥笑妾身了。」

「倕很喜歡這種和樂的氛圍，鄉人互助，毫無紛擾，怡然自得。」榮繡滿心喜悅地看著村人。

「這一頓恐怕得耗掉他們好幾天糧食。」

「俚會令玄甲營送糧。」榮繡已做好準備。

「妾身有句話怕忠王爺聽了逆耳。」

「請說。」

「在妾身看來，比起洪秀媜謀劃的千年王國，忠王爺追求的大同世界才是最適合百姓。千年王國是無病無苦，喜樂幸福的理想鄉，但理想雖美，卻離人太遠，恐怕那些跟隨洪秀媜的狂屍也不懂那究竟是什麼。」

榮繡揚起眉頭，輕聲說：「俚說過，俚的境界遠遠不及天后。」

「忠王爺雖奉太平天國，說得跟做得倒是和帝國萬古先師的思想相近，想必也明白『人為道而遠人，不可以為道。』」

「俚只能說，天后的思維並非俚能參透，亦非凡夫俗人可解。」

「聖人先是凡夫，參透人道才成聖人。」

「天后乃真主之女，將成為真正的全能真主，又豈是聖人可以媲美。」

若照榮繡這麼說，蘇我也確實無法反駁。

宴席到了尾聲，村人開始收拾杯盤狼藉，蘇我注意榮繡的眼神格外溫和，似乎只要村人充滿活力便覺得滿足。那眼神就像在看著滿是溫情的家鄉。

蘇我沒發現榮繡何時站在他身側，榮繡輕輕拍了他的肩膀，示意跟著走，紅槿也匆匆與李良話別，隨著榮繡一道去。

紅槿取了根火把，帶著兩人翻到後山，雖說是山，也不過是平緩的小丘，只是地勢高了些。時近冬日，北風呼呼，蟲鳥都避寒去，林子裡一片靜寂。天上新月淡淡照映，星河連天閃爍，蘇我見榮繡的背影越發陰涼，思忖她的傷比進村前更重。

不久紅槿停下，火把照著不遠處熱氣滾滾的池水，四周散發礦物氣味。

「這是溫泉？」

「蘇我小姐應該知道溫泉有治療身體的功用。」

「嗯。」蘇我來自大和，因此相當熟稔溫泉療法，他恍然大悟道：「忠王爺說要村人幫忙，就是指這個溫泉？」

「還有那些草藥，都是在附近山上才能採到。」榮繡解掉金劍，拿下黃帽，脫去鳳紋黃馬褂，一頭綠髮如雲散在那滿布傷疤的軀體。「四年前為解天都之圍，趁夜突襲江南之營，取得勝果，佴卻不慎中了江南提督張殿臣的咒誓，這咒誓狠毒難解，即使殺了張殿臣也無用。」

「怪不得忠王爺的傷這麼重……」

「佴此命不長，其願不過完成天后交代的任務，讓百姓過上好日子。」榮繡泡進溫泉，倚著石頭，仰望星空。

「妾身以為你們的命會更長些。」

「即使是神仙，活個十萬八千歲也會衰老，想那地上石頭，眼前山峰，天上星河終會有消逝之日，不過是活得長一些而已。」榮繡舉起素手，看著滑潤的泉水從指尖滴落，「唯有天后是永恆真理。」

紅槿將火把插在溫泉旁，也脫掉衣服，這時蘇我才發現紅槿帶來了在宗祠見到的小麻袋。

「請蘇王爺脫下衣服，我替您用藥浴擦背。」看蘇我猶豫了，紅槿解釋道：「這些藥草是照忠王爺吩咐採集調配，對治療內傷很有效。」

蘇我多想下去沖掉一身髒污，但即使他外表再美，仍舊是男人的身體，他可從沒在女人面前赤裸相見。

「天后的幻夢讓你產生懷疑。」

「不，我也很常自我質疑。」蘇我承認，自諷道：「也許我自己還是被那些框架束縛著。」

「總有一天蘇我小姐會放下的。」

紅槿不懂兩人在打什麼啞謎，她走到溫泉裡，細心地用磨好的藥草抹在榮繡的傷疤上。榮繡表情微變，蘇我忖是藥性與咒誓相抗，形成強烈的刺痛。

「忠王爺的傷比上回好多了。」

「傻丫頭，俚比誰都清楚自己身體。」

蘇我捲起袴，將冰冷的腳浸入池水。

「好舒服。」

「蘇王爺真的不下來嗎？」

「ㄚ頭，妾身可是個男人。」

「咦？」紅槿不敢置信地看著蘇我的臉，「王爺好會開玩笑，您這麼美，怎麼會是男人？」

「妳覺得奇怪嗎？」蘇我笑道。

「奇怪的是老天爺。」

蘇我被逗笑了，經過一晚上相處，紅槿不像剛見面時那麼羞怯。

榮繡說：「俚只希望活到看見妳和李良完婚。」

「大家都盼著忠王爺長命千秋，還有好多日子呢，王爺不可說晦氣話。這陣子村裡疫病嚴重，家家戶戶整天都愁著臉，忠王爺來了才這麼熱鬧。」

「那豈不是能照料妳的玄孫了。」蘇我說。

「千秋啊，我還沒想到那裡去。」紅槿害羞道。

「小紅槿長得好看，穿上嫁衣一定很美。」

「謝謝蘇王爺讚美。」

「我不是王爺，」聽了一晚的尊稱，蘇我總算想到要他們改口，他笑道：「妳跟小碧一樣叫我聲代姊吧。」

「小碧是誰？」

「是一個還不足十歲的洋人小姑娘，臉頰圓鼓鼓的像個可愛的小老鼠，喜歡調皮搗蛋，又很惹人疼愛，常常讓人拿她沒辦法。替她綁麻花辮的時候，她會像隻乖巧的小貓靜靜偎著我。」

「聽起來，小碧好像代姊的親女兒。」

「有這個調皮可愛的女兒當然好。」談起碧翠絲，蘇我臉上洋溢笑容，一方面又擔心沒他在身旁盯著，小姑娘會不會在獅僧那裡闖禍。

紅槿落寞地說：「我阿母很小就過世，不知道被阿母綰頭髮是什麼感覺。」

榮繡說：「這不簡單，請蘇我小姐替妳綰便是。順便穿件新衣裳，妳的如意郎君肯定被迷得丟魂。」

「忠王爺不要取笑我了。」紅槿嘟起嘴。

蘇我覺得山裡充滿快活的氣息。

只是明日朝陽升起，便會蒸散這份安好。雖非敵人，亦非朋友。

蘇我輕輕划腿，濺起水花。至少在此安寧星夜下，暫時消弭紛爭。他似乎明白榮繡為何對這小村莊情有獨鍾。

好夢不長，能留一會是一會。

※

就寢時蘇我按榮繡教的，將身體抹遍草藥，頓時感到一陣刺痛清涼，翌日起來蘇我動了動手腳，已無不適。

榮繡起得很早，蘇我醒來時，她正在吐納運氣，臉色比昨日紅潤許多。

蘇我記得昨天三人暢聊至深夜，話題始終在紅槿的婚事上轉，逗得小姑娘臉像是喝醉似的。直到紅槿回家，他才沉沉睡去。蘇我忖榮繡既非人身，應是跟洪秀娘一樣不吃不喝不睡，說不定昨晚還是她照料自己一夜。

但無論如何，今天得繼續追查奧莉嘉跟張紀昂的下落，出了村，一切還是回到源頭。

忽然外面傳來吵鬧聲打破清靜的早晨，蘇我開門一探，看見一群村人喪著臉手忙腳亂。

蘇我問中年大漢：「發生什麼事了？」

「這下真的完了。」

「別著急，慢慢說。」

「出大事了，官府的人……那些軍爺……」

蘇我暗叫不妙，忙問：「鮑霆來了？可看清楚是哪路人馬？」

莫非榮繡的行跡被發現，還是又來清查捻子糧。

但中年大漢支支吾吾，只是不停哀嘆，也說不清楚。

榮繡聽見吵雜，也出來看情況，問：「一早為何如此喧鬧？」

中年大漢見著榮繡，立刻跪了下去，「忠王爺，出事了。」

榮繡往左右一瞧，說：　村外似無大隊人馬。

「是紅ㄚ頭……今早我們照常去田裡割稻，ㄚ頭她阿爸忘了吃藥，就替他送去，誰想竟遇到那些禽獸，他們——」中年大漢說著又語塞。

榮繡催促道：「不得拖延，快說！」

「ㄚ頭到田裡時，正好碰上那些人，他們對紅ㄚ頭毛手毛腳，李良看不過就上去阻止，結果被打得頭破血流，然後又打傷幾個人，接著那幫禽獸就把ㄚ頭拖到草堆裡……」中年大漢不忍再說。

剩下的榮繡跟蘇我已知道怎麼回事，一個花季少女落到虎狼口中會是什麼下場。

「為何不早些告訴偃？」榮繡惱怒道。

「那ㄚ頭哭哭啼啼一溜煙跑不見，我們回來一看，ㄚ頭在村外大樹上上吊。幸好我們發現的快，ㄚ頭還沒被勒死，現在正在家裡照料，忠王爺一定要救ㄚ頭的命。」

「廢話。」榮繡飛步趕到紅槿家中。

蘇我也緊追在後。

到了紅槿家一看，只見她的父親老淚縱橫，紅槿則是面色紫青奄奄一息，身上衣服殘破不堪，手腳都是瘀痕。蘇我看著紅槿遍體鱗傷，想到昨夜羞答答的臉龐，心中油然升起怒火。

紅槿的父親聲淚具下，道：「忠王爺替小的作主啊，都怪小的沒用，這笨記性連累了我的乖女兒。」

「可看清是誰？」榮繡問。

「知道，是常來村裡拿糧的。」中年大漢說。

榮繡已經知道這帳該找誰討，轉身便離開紅槿家，蘇我追上問：「妳想幹什麼？」

「顯而易見。」

「在這風頭上出手，豈不白費苦心。」榮繡一直潛藏不動，就是為了隱匿行跡完成洪秀媜交代的任務，否則不會靜靜看著天都失陷。蘇我亦不忍紅槿這個好姑娘被糟蹋，但倘若榮繡出手，必會給村子落人口實。「讓妾身來吧。」

榮繡肅穆地說：「俉一直把紅槿當成好妹妹，甚至是親閨女，盼著她穿上嫁衣有個安生日子。這事不能假手他人，俉知道你的擔憂，放心，今天一個都活不成。」

※

榮繡匆匆走出紅槿家，踏金劍飛去，蘇我只得跟村人借村裡唯一的一匹瘦馬，問明兵營位置，忙在後頭追。

蘇我覺得榮繡的反應實在是性情中人，怎麼也無法和洪秀媜相擬。從出村子開始，蘇我便能察覺玄甲營緊迫的視線，快馬騎了一個時辰，總算來到紮在縣城附近的兵營，柵門前已橫躺十多具屍首。

強烈殺氣貫穿四周，大有殺光一切生人的氣勢。

榮繡絕非玩笑。

蘇我跟著地上血跡，兩旁皆是神情驚愕的死屍，看樣子都是一劍斃命。他忖這些士兵認出太平忠王駕到，肯定一個個嚇得魂飛魄散，綠營腐朽日久，面對狂屍都無力迎擊，何況是聲名赫赫的榮繡。

血漸四方，殺氣越來越烈，隨便數就有百來具屍體。尋了一會，蘇我終於看見榮繡冷眼瞪著跪在地上求饒的千總，一旁還有幾具被碎屍萬段的屍體，可想而知那幾人就是主謀。

「忠王爺饒命啊……」千總顫巍巍地說。

誰能料到榮繡居然會出現在這麼偏遠的地方。

「剩一個。」

「小的已經把凶犯交給您了，這件事跟小的一點關係也沒有——」

「軍律荒廢，罪在將者。」榮繡俐落揮手，金劍瞬間刺破千總胸膛。

千總以下三百人無一倖存。

「忠王爺氣消了嗎？」蘇我問。

「這些人欺霸鄉里已久，死有餘辜。」榮繡的袍褂跟綠髮都沾上血跡，垂著眼的模樣看起來相當狼狽。「便氣自己還無法給百姓一個太平。」

金劍甩去血跡，插回鞘中。

一地死屍並未顯現的榮繡殘忍，那身影反顯得脆弱。

確實殺光這些人無法改變事實，也無法從中獲得快感，只讓榮繡看見她所望想的世界還相當遙遠。

「回去吧，小紅槿還在等妳。」

榮繡忽然撒開雙手，環抱蘇我，那比蘇我還修長的身軀頓時變得嬌小可憐。榮繡體重很輕，即使全力靠在蘇我身上也沒感到重負。

「當年蘇城淪陷，失了幾萬大軍，害了多少百姓被屠……現在就連紅槿丫頭也護不住，什麼太平忠王，半點用處也沒有……」榮繡在蘇我肩頭啜泣，一滴滴淚穿進蘇我的羽織。

蘇我嗅到榮繡身上濃厚的血腥味，但他並不排斥，只默默撫著那頭綠色秀髮。

「回去吧。」蘇我溫柔地說。

榮繡抹乾臉，輕輕頷首。

走出已成死地的兵營，四名玄甲狂屍已抬著兩輛竹轎在外恭候，榮繡跟蘇我上了轎，接著又出來兩名玄甲狂屍牽著馬快步跟在後頭。

很快兩人回到村子，玄甲狂屍倏地離去，村人見到他們回來，七嘴八舌湊上前詢問。蘇我只能代為回答道：「忠王爺都處理好了。」

村人紛紛跪下感謝榮繡替村子報仇，一聲聲「再造父母」、「活菩薩」，但聽在榮繡耳裡猶如椎心之痛。兩人被簇擁到紅槿家門口，紅槿的父親聽說大仇已報，立刻上前叩謝，榮繡沒制止他，只是逕自來到床上前，望著紅槿憔悴的臉龐，脖頸發紫的血痕讓人看了痛心。

紅槿從昏迷中緩緩醒來，見自己還活著，可怕的記憶倏地湧上心頭，但瞥見榮繡在一旁守護，她仍乖巧地斂起哀容，虛弱地說：「我讓忠王爺擔心了……」

榮繡身上的腥血味足以說明一切。

蘇我把紅槿父親連同其他村人都請到門外。

「傻丫頭，犯不著死的，妳死了俚又要傷心的少活幾年了。」榮繡溫柔地順著紅槿的頭髮。

「嗚……」紅槿用盡剩餘的力氣緊緊抱住榮繡，這一幕任誰看來，都可以感受紅槿幾乎是將榮繡當成母親看待。

「俚保證不會再有人欺負俚的傻丫頭，誰也不能。」榮繡拍撫她的背，寬慰道：「妳要好好活著，親眼見到天后的千年王國。」

蘇我也不禁泫然。

只是該做的事情還是得做，榮繡治了傷．又吩咐紅槿的父親按時煎藥，待紅槿睡下，便準備趕往找尋奧莉嘉的下落。

臨行前，中年大漢害怕地問：「忠王爺一走，那些軍爺又來鬧該怎麼辦？」

「切記保密嚴實，不可漏出一字，擔保村人無憂。」榮繡交代道：「村裡需用的糧食雜物俚已命人堆在村口，等俚離開，立刻拉進村內。」

「忠王爺——」中年大漢又喊道，跪在地上撲簌簌道：「小的實在不知如何感激忠王爺。」後面一干村人又跟著下跪。

「再跪倕可要生氣了。若想感謝倕，就好好活著，好生照顧倕的小丫頭。」
「忠王爺放心，村裡人都等您回來吃紅槿丫頭的喜酒。」
「都別跟來。」榮繡怕玄甲營會嚇著村人，因此不准村人靠近。
此時玄甲營已在村外全數到齊。
「妳不是想讓他們守衛村子吧。」
「那得引來多少人馬圍攻，到時小村子被踏平百次也不夠。」榮繡坐上竹轎，說：「人都已殺乾淨，至多是宣揚倕的壞名聲，與村子沒關係。」
蘇我忖這是最好的解套辦法了，難不成要榮繡代表村人去告官，屆時也只是換來村人殺身之禍。
玄甲營已查明赫德嘉等人的落腳地，就在位於大江旁的慶城，此地扼住大江，為戰略要地也是重要的渡河口，曾一度被狂屍佔領，湘軍攻破後，人口回流，已漸漸變回曾經的繁茂大城。
「她們是想從慶城渡江，走水路上京師。」榮繡判斷赫德嘉的意圖。這時她已收起悲傷，變回殺伐果斷的太平忠王。
抽離了村子的情緒，也讓蘇我重新思考該如何從精銳的玄甲營突圍，現在還不能輕舉妄動，必須先確定赫德嘉她們的確切位置才能出手。
從被下藥已過兩天，算這時間奧莉嘉跟張紀昂早該醒了，再說以張紀昂的力氣繩子也捆不住他，因此很可能那裡正陷入僵局。

「蘇我小姐莫再胡猜，去到慶城不就了然。」

「醜話說在前頭，妾身沒有改變心意。」

「侄知道。」

榮繡恢復了寬容威嚴並濟的神色，儘管蒼白的眼角還能看見淚痕。

第八章　落英無情

蘇我很好奇上百名玄甲狂屍究竟如何藏身在人來人往的大城，但走在城裡又無時無刻從某個角落投來視線。不過這正好給了蘇我方便，城中有重兵把守，就算到時真的要跟榮繡搶人，玄甲營也不至於冒然出現。

榮繡為了掩人耳目，綰髮戴起斗笠，身體則套上了錦色大斗篷，幸好正值晚秋初冬的時節，這扮相倒也不奇怪。

兩個身材修長的身形，和美麗的外貌還是引人側目，榮繡似乎毫不介意被人品頭論足，反是蘇我一直替她擔心，畢竟要是揭穿身分，這座城會瞬間陷入恐慌。

根據情報，赫德嘉等人下榻在渡口附近的客棧，那裡聚滿南北商客，出入成分極雜，也有準備宣教的神父，和從事貿易的洋商，在這兒沒人會懷疑赫德嘉她們。

蘇我在客棧外觀望了一會，避免一進去就打照面。

「忠王爺有什麼計畫？」

「肯定與你想的不同。」

「現在是同舟共濟。」

榮繡沒回話，走進客棧，眼色好的跑堂小夥立刻上前招呼。

「最裡面的位置。」榮繡說。

「這位客人是桂北人吧，巧了，說不定和咱店大廚同鄉，那燉菜辛辣醇厚，保證解您鄉愁。」

「隨意上幾個菜就行，另外倕要住店，備一間靠邊的房。」榮繡給了跑堂一銀子。

「姑娘、二位貴客請跟小的來。」跑堂喜出望外，普通人家一年花費也不過三、四兩，榮繡一出手就給了一兩銀，簡直是天上下了錢雨。他殷勤收拾桌面椅子，恭敬地請他們坐下。

「請等等，請問這兩天是否有三位年輕的洋姑娘在此住店。」蘇我問。

「哦，是不是還有個壯身板的男人？」

「是。」

「對對對，那四人熱鬧極了，我說那位爺哪來這麼好福氣，能跟三個這麼漂亮的洋姑娘折騰。」

「我們最喜歡聽有趣的事，你可有興趣說說。」

「等小的去後堂替貴客們安排好菜色，去去就來。」

「吃飯不急，挑重要的說。」蘇我將一兩銀子遞在桌上。

跑堂的眼睛直發亮，笑得闔不攏嘴，他趕緊收起銀兩，說：「是是是，昨天差不多日頭快下了，有兩個人駕馬車來的洋姑娘來住店，接著又攙著那個男的、和金頭髮的洋姑娘上樓，不曉得晚上鬧騰了什麼，一早差點沒掀了店。」

張紀昂果然醒了。蘇我催道：「他們人呢？」

「除了一個紅頭髮的洋姑娘出去買些東西，其他三個都在房裡，還特別吩咐我不能打擾，嘻嘻，真不知那位爺哪來的好福氣。兩位姑娘該不是也來找那位爺的？」

「你不覺得奇怪嗎？」榮繡問。

「嗯？」

「張紀昂既然醒了，也跟迷暈他們的人大吵，為何此時又不起漣漪。」

「照跑堂的描述，出去的應該是愛蜜莉，如果孫起真的跟赫德嘉起衝突，愛蜜莉的個性不可能還慢悠悠地出門採購。」蘇我納悶道。

「蘇我小姐有什麼想法？」

「按理應是急著把人送到京師。她們是昨日來到慶城嗎？」

「情報不會有誤。」榮繡說。

「這下有趣了。」趁跑堂端上瓜果，蘇我笑問：「你確定那個紅髮洋姑娘出門去了？」

「是啊，她自己出去的。」

「你說那紅髮姑娘一個外地人，又是洋人，會不會迷路？」

「咱慶城說大不大，說小不小，一個洋人難免找不著路，二位再耐心等等。」

「確實是她告訴你的？」蘇我盯著跑堂的臉。

跑堂的笑著應和道：「是的，她說要出去採買些東西，等會就回來。」

「等她們的船走了一半，我們就追不上了。」蘇我笑道。

「這小的不清楚，不過來慶城的洋人，多半是為了走水路，等那個姑娘回來，您再問問就知道了。」跑堂笑容可掬地向他們鞠躬，「沒什麼事小的就先走。」

「明人不說暗話，她給你多少，我出兩倍。」蘇我不懷好意地笑。

「早上他們吵架打翻了些桌椅，確實有賠錢。」

見跑堂的答非所問，榮繡乾脆掏出十兩銀子，肅穆地說：「這個夠嗎？」

「小的真不懂二位姑娘的意思。」

蘇我再拿出十兩，嫣笑道：「你這麼聰明應當明白。」

「這、唉，就當小的嘴笨不小心說溜嘴吧。」跑堂掩不住竊喜地收下二十兩銀子，神祕兮兮地說：「二位姑娘果然明察，確實是其中一個洋姑娘給小的錢，說是有人問起，就照這番說詞應付。」

「拿木箱子的姑娘要你說的？」

「對。」跑堂的擠眉弄眼道：「早上小的去送早點，在門外就聽到裡面吵吵鬧鬧，進去一看好好的房間被掀得亂七八糟，那男的橫眉豎臉，一副要吃人的模樣，我放下早點後默默退了出來，他們又聊了一陣，說的是什麼小的聽不清楚，只聽到『乘船』、『救贖』一類的話，也不知道什麼意思，沒多久他們下樓來，接著您說的拿木箱子的姑娘給了小的錢。」

「夠了，他們搭哪班船。」蘇我受夠跑堂活靈活現

「已經走了有三個時辰，不過最近河道淤塞正在挖通，最近的船班還得申時後才開，小的也勸他們歇會再走，但他們執意離開。」

「申時，照這麼說船班才剛起航沒多久。下去吧，記住不准向人提起。」蘇我笑道：「她也是這樣吩咐你的吧。」

「不清楚，實在記不住了。」跑堂的點點稱是，連忙帶著笑意走開。

蘇我忖這傢伙真夠機靈。

打聽到真確的消息後，榮繡跟蘇我即刻趕往渡口，此時渡口熙熙攘攘，全等著登船。榮繡擠進喧鬧的人群，走到一艘準備上貨的船前，兩名護衛則攔下不讓她進去。蘇我趕緊追上，免得出大事。

在船上調度工人的商賈匆匆走來喊道：「幹什麼，這是俺要運貨用的，搭船去那邊等。」

「俺有急用。」

「姑娘妳沒聾吧，俺說了這事載貨的。」

「麻煩了。」榮繡隨手摸出三個純色金錠，「不夠俺可以再加。」

「妳是要買這艘船？」

「都是做生意的，一口價，五個金錠。」蘇我繼續加碼。

「什麼生意這麼值錢。」商賈滿嘴抱怨，手裡還是收下金錠。「但人俺得帶走。」

「可以。」

商賈便叫走工人跟船夫，岸上的人都好奇地往這裡看來，議論著沒有船夫，光靠兩個姑娘怎麼駕船。

等蘇我也上來了，榮繡一腳踹開登船用的木板，走入船艙，隨即船自己動了起來。圍觀的嘖嘖稱奇，沒想到他們倆居然有這本事。只有蘇我清楚這哪裡是什麼本領，船下自有玄甲狂屍幫忙。唯一讓蘇我不解的，是那些魁梧的玄甲狂屍究竟怎麼神不知鬼不覺進入船艙。

在玄甲狂屍益助下，船飛快行進，蘇我估算再半個時辰就能追上申時啟航的船班。

榮繡坐在船頭靜靜地看著沿岸風光，眼底波光似蘊有無限惆悵。

榮繡發現蘇我在後邊緊盯著她，笑說：「蘇我小姐看得很入神。」

「妾身只是覺得忠王爺的眼神簡直就是常人。洪秀媜像是六根清淨，涅槃無爭，但妳卻在世間有諸多牽掛。」洪秀媜當然不可能如佛出世，只是在千年王國面前，一切生靈紛爭都不值得一提。

說榮繡非人，卻有比人還纖細複雜的情感，彷彿經歷的比誰都多。河邊小村的紅槿，以及村裡鄉親就是榮繡無法忘懷的牽掛。

「境界不到，才有凡心。」榮繡仍是這套說詞。

「難道忠王爺也想修佛？」

「佛不理凡塵諸事，俚可是一樣都放不下，用這副身軀懷著人的思緒，蘇我小姐必覺得俚是個傻子。」

「換作是常人便不奇怪，但妳可是僅次於洪秀媜的二把手，又統領強大的玄甲營，該藏的應當藏起。不過若真的這般絕情，忠王爺也不是忠王爺了。」蘇我感覺榮繡是非常矛盾的聚合體。

「蘇我小姐還是不願成為天后義人？」

「說實話，妾身自己也不清楚。忠王爺的理想確實是妾身的理想，但洪秀媜的想望太大，而妾身關切的僅是自身，以及大和的命運。」

「人皆有愛才能成大愛，可因有愛而成私心，私心又成爭端。亂由愛起，不覺得諷刺？」

蘇我笑道：「妳是把愛放在私心必亂的前提了，但的確說得很深刻，說到底妾身也只是一介俗人。」

「既是俗人，便難以拒絕天后。」

蘇我點點頭，微笑漸漸收闔，轉成一抹戚然，「恐怕這是最後一次跟忠王爺平心交談。」

「俚覺得可惜，但雖殊途，終將同歸。」

蘇我按住不動尊，側望江岸，再拔刀時便無情分。

※

追上了那艘船。

蘇我遠遠就瞥見路易在天空盤旋，愛蜜莉則在船上以手勢指揮，此時兩人隔船相望，愛蜜莉盈盈笑臉立刻糾結，變成一張僵硬愧對的臉孔。

榮繡走到蘇我身側，說：「看來你想商談，倕的想法不同，各自出招吧。」

榮繡踏在船舷上飛起，輕輕一躍來到那艘船上，一同降落的還有三個玄甲狂屍，船隻因而搖晃不已。榮繡取下斗笠，掀開斗篷，落下一頭長長綠髮，嚴厲地說：「倕乃太平忠王，今日只為取人，無關者原地不動，便不會有事。」

蘇我見狀，也跳到船上。

太平忠王跟凶狠精悍的玄甲狂屍引起喧嘩，船客驚惶地逃往船艙，赫德嘉跟張紀昂則跑出來查看情況。一見到蘇我，赫德嘉沒想到跑堂的竟敢出賣她，氣得臉鼓鼓。

「很好，人已到齊。廢話不多說，交人。」不待張紀昂他們弄清狀況，榮繡神情嚴厲而語氣輕柔，平靜江水驚起浪花。

蘇我以為自己眼花了，定睛一看，榮繡居然變成兩個，接著一眨眼又多出一個分身。

榮繡本尊泰然視之，兩個分身則凌厲出招，三把金劍凌空飛舞，金光閃爍，宛如三日交鋒。

愛蜜莉雖尚未從看見蘇我的震驚中平復，仍詠唱咒語，渾身遍布青銅符紋，身輕若燕，疾衝如鷹，試圖攔住榮繡的攻勢。榮繡分身綠髮豎起，眼瞳睜大，一掌拍飛愛蜜莉，金劍隨之出鞘，刺向張紀昂和赫德嘉。

張紀昂跟赫德嘉接連閃過，金劍旋即迴轉，朝赫德嘉身上殺去。赫德嘉慌忙閃過，另一個角度又飛來一隻金劍。

張紀昂沒將天鐵大刀帶在身上，一時間難以應付金劍。

蘇我揮刀成風，一記風斬捲開金劍，來到張紀昂跟前。

兩人相凝，顯得有些尷尬，蘇我想說些什麼，仍是吞到嘴裡，此時不只要對付榮繡的分身，後邊還有玄甲狂屍。愛蜜莉以棕熊之力抗衡兩隻玄甲狂屍，可是很快挺不住，符紋包覆指尖，虎豹般鋒利的爪向面前的玄甲狂屍猛抓，但那副鋼筋鐵骨般的身軀留下細細抓痕，絲毫沒有影響。

蘇我正想過去幫助愛蜜莉，沒想到赫德嘉操著琴弓從後邊刺來，蘇我趕緊轉身格擋，不動尊生出火舌發向赫德嘉，赫德嘉輕鬆閃過，直指蘇我胸膛。

蘇我壓根沒想到這種情況下，赫德嘉居然會先攻擊他，因此完全沒有防備。此時張紀昂伸出手掌護住蘇我，赫德嘉無法收回，只能驚訝地看琴弓刺穿張紀昂的手，立刻鮮血直流。

「孫起！」

「快去幫忙。」張紀昂向赫德嘉喝道：「妳也去。」

蘇我瞪了一眼赫德嘉，只得轉去幫愛蜜莉。

蘇我逼退包圍愛蜜莉的玄甲狂屍，但玄甲狂屍的勇悍並非浪得虛名，很快又重新組成攻擊陣型。蘇我拉著愛蜜莉的手後撤，蘇我舉刀指向玄甲狂屍，他忖現在不能再被其他情緒干擾。

「冷靜，有話等結束再說。」蘇我知道愛蜜莉心有愧疚，無法發揮實力，因此要她穩住心緒，先以大局為重。

「知道了。」這下愛蜜莉放鬆不少，可以全力投入戰局。

蘇我凝視不動尊，橫為火，豎為雷，天火地雷上下相融。出刀收刀迅若閃雷，眼前逼近的玄甲狂屍忽然胸膛爆出火焰，隨後火吞覆全身，一陣雷鳴轟然，愛蜜莉見機伸出虎爪，總算撕碎玄甲狂屍那覆堅硬的身軀。

杵在船尾關注動態的榮繡對蘇我投以讚許的笑靨。

另外兩個玄甲狂屍見同伴倒下，並無絲毫驚惶，冷靜地拉開距離，抓準時機先後進攻干擾蘇我。

赫德嘉這邊同時與三把金劍和榮繡兩個分身周旋，赫德嘉雖能從幾無死角的進攻找到間隙避開，但氣息逐漸短促，閃躲節奏越來越不穩，亦無法找到破綻，繼續僵局下去遲早體力不支。

這時榮繡悠悠走向張紀昂，蘇我跟愛蜜莉被已摸清路數的兩隻玄甲狂屍困住，赫德嘉則陷於劍陣。不過蘇我倒不擔憂手無寸鐵的張紀昂應付不了榮繡，而是看見榮繡臉色漸漸虛弱，顯然維持分身和金劍已耗費大量體力。

因此榮繡必須迅速解決。

「張紀昂，你莫忘與天后的約定。」

榮繡一番話彷若浮現張紀昂當時在錫城拜伏洪秀媜的場景。

「我可沒有跟她約定獻出奧莉嘉。」張紀昂平靜地說。

蘇我一面應戰，一面瞄向張紀昂，若是之前，張紀昂見到太平忠王一定會憤而殺之，如今卻是平淡以對。

蘇我忖張紀昂大概看破帝國與太平天國之間的戰爭，怕是只想用自己的命去換回奧莉嘉的自由。

想到張紀昂為奧莉嘉獻出生命的畫面，蘇我一個恍神被玄甲狂屍從旁抓傷手臂，幸虧愛蜜莉衝上來架開，否則那一剎就可能讓蘇我手臂見骨。

「代姊你沒事吧？」

「抱歉。」那傷還沒比方才想到的畫面痛，蘇我心裡一揪，催生一股力量，倏地不動尊削鐵斬鋼般直將玄甲狂屍截成兩半。

愛蜜莉興奮地士氣大振，聚起山獸之力，狠狠撞飛最後一隻玄甲狂屍。

「恐怕不能如你所願。」榮繡對蘇我的奮力一擊會心而笑，她優雅地凝視張紀昂，說：「你若被侹殺了，就什麼也沒有。」

「所以我只能殺了妳。」

「天后很喜歡你堅決的眼神。」

「我不想和任何人扯上關係，假如妳非得阻在前頭，休怪我不留情。」張紀昂眉頭緊蹙，通運靈識，周身繚繞煙氣。

榮繡慢慢向後退，看著從張紀昂體內源源不絕發出的力量。

驀然幾道黑影從運河底下浮現，竟又出現五個玄甲狂屍，他們一擁而上壓制張紀昂，張紀昂力氣不小，但面對五個強悍魁梧的狂屍根本動彈不得。

「都別動，否則倕無法保證後果。」榮繡敲打響指，另兩個分身瞬間煙消，金劍精準地停在赫德嘉咽喉前半分。

蘇我立刻阻止愛蜜莉繼續攻擊。

「蘇我小姐，想必你看得很明白。」

「放開孫起！」

「倕不會傷害他，也沒傷害他的必要。」榮繡向船艙勾了勾手指，不苟言笑地柔聲道：「妳也該出來了。」

張紀昂吃力地掙脫，卻被死死壓制住，只得拚命喊道：「別過來！」

蘇我想趁機溜到奧莉嘉藏著的位置，兩名玄甲狂屍緊緊盯守，不讓他踏出半步。奧莉嘉聽見呼喚，緩緩走出來，清澈地眼眸如以往無懼無畏，靜靜注視著船上發生的一切，彷彿這些事與她無尤。

「天后的羽翼，帶著天后所期盼的乘風飛翔。」

「只要跟妳走就沒事。」奧莉嘉輕描淡寫道。

赫德嘉忍不住嗤了一聲，五國公使團、賞金獵人、帝國朝廷、太平狂屍可是為了她一人在帝國鬧得天翻地覆。明明那些黑暗深幽的記憶也會令她迷惘發狂，然而現在奧莉嘉的神情像在祈禱室裡以一顆純潔慈愛的心讚詠人世。

「天后向來信守承諾，絕不會傷害天后羽翼。」

「廢話，她要是傷了奧莉嘉，還能使用奧莉嘉體內的力量嗎？」張紀昂不屑道。

「那股力量能帶來你渴望的和平，不只是你，還有蘇我小姐，以及所有人的渴望。」榮繡特別盯著愛蜜莉。

愛蜜莉的臉瞬間刷紅，躲到蘇我身後不敢看榮繡。

「不要過來——」張紀昂吼道。

一名狂屍掩住張紀昂的嘴。

「來吧，把這件事情結束掉，天后答應妳的必會做到。妳不用再躲藏了，那些使妳痛苦的，終會藉著妳給予天后的力量消滅於世，妳珍視的都將透過天后得到守護。」榮繡徐徐走向奧莉嘉，「偓有想守護的人，妳也是，所以偓絕不允許世上再有恃強凌弱，不願再見有人以正義之名毀滅他人。」

奧莉嘉也緩緩靠近，榮繡伸出手，以無限溫情注視著她。

張紀昂的吶喊彷彿被投入滔滔江水之中。

砰——一道槍響迸發，就在子彈射中榮繡頭顱之際，金劍飛來利索地剖開子彈。局勢再次改變。

兩艘驛船身後突然出現三艘蒸汽輪船，位於中軍的輪船最大，體型巨魁的獅僧站在蒸汽輪船船頭，紅鬼面具下掩藏著懾人殺氣。一旁身形相較下格外嬌小的安格拉再次瞄準榮繡的腦袋。

左右兩艘輪船則整齊排列著獅僧的精銳騎兵，正加快速度，對驛船進行包抄。

安格拉扣下扳機，這次子彈還沒進入驛船範圍就搶先被金劍斬碎。

但子彈裂開後，又發出鳴爆，隨即飄出大量煙霧。壓制張紀昂的玄甲狂屍一時不甚鬆懈，張紀昂抓到這一剎的時機，立刻起身反制。

愛蜜莉和蘇我沒楞著，也順勢打倒眼前的玄甲狂屍，甲板上亂作一團。煙霧中只聽見蒸汽船轆轆靠近，接著傳來爆炸聲，硝化甘油的味道一下瀰漫開來。

「奧莉嘉！」

蘇我聽見張紀昂大喊，連忙憑著良好的聽覺趕到張紀昂身旁，煙越來越濃，幾乎是伸手不見五指，蘇我捂緊不動尊，就怕玄甲狂屍突然襲擊。

眼不見色，唯心察其變。蘇我默念北辰五行流的高級心法，如盲人在一片黑暗中尋找出路，忽然一道強勁的拳頭從後襲來，蘇我轉身一斬，腥血飛升，再斬，血濺若瀑。

那噁心的氣味證明方才偷襲的是玄甲狂屍。其他方位也有打鬥的聲音，蘇我加快步伐，走到張紀昂身邊，聽見急促的呼吸與步伐。雖是濃煙遮蔽，蘇我卻感覺奧莉嘉正在遠離這艘船。

就快接近張紀昂之際，驀然一道人影從中殺出，蘇我還以為是赫德嘉想趁亂發難，但從輕盈飄逸的身法來看，絕對是榮繡無誤。

「休怪妾身無情了。」一離開河邊小村時，情誼已過，此時絕不能留情。蘇我一刀揮去，卻撲了空。

榮繡的動作彷若視線清明，毫無阻礙，但她並不還手。

張紀昂的步伐正往這裡趕來，蘇我判斷榮繡一定是拉著奧莉嘉，他用高亢的聲音喊道：「所有人趴下，傷了莫怪此刀無眼。」

蘇我旋身飛斬，瞬然風從刀起，呼嘯而至，彈指散去煙霧，這下船上的事物都能看得一清二楚。

赫德嘉嬌喊道：「你這個人妖是故意的吧，突然就往我們斬來。」

蘇我哪裡理會她，趕緊朝方才與榮繡交戰的位置出刀，但出現的竟是同樣一臉驚訝的安格拉。一刀一槍互對，要是沒及時收手必有一方受傷。

蘇我急忙收刀，搜尋榮繡跟奧莉嘉的下落，可是掃視一遍，除了張紀昂擔憂驚慌的臉孔什麼也沒看見。

「她們跑去哪裡了！」

船上只剩下三隻傷痕累累的玄甲狂屍。

安格拉問：「獅王爺剛才有看見人影嗎？」

獅僧一直待在蒸汽船上，視野相當良好，要是有人趁煙霧逃離，不可能躲開他的視線。

「無妨。」獅僧重重敲下氈杖，鳥羽厚甲也跟著震顫，數百陰兵高舉順刀策馬衝向玄甲狂屍，轉眼就將他們殺得支離破碎。

「愛蜜莉、張大人，我們快追。」赫德嘉完全沒將獅僧的殘殺當一回事。

「慢著，不管是誰本王都不會放走。」

赫德嘉手甩沾滿髒汙的耀眼金髮，一雙綠瞳瞪著獅僧，「本小姐是馬提亞斯大公的三公主，本小姐要走要留，你們管不著。」

「本王乃鐵帽子王，奉命討國賊張紀昂，妳要走可以，但張紀昂必須留下。」獅僧毫無畏懼赫德嘉的身分。

「三公主，若您是想緝捕『惡魔』奧莉嘉，非常歡迎您與我們同行。」安格拉站得直挺挺，向赫德嘉行禮。

「走開，我們可沒有這種交情，誰不知道妳舅舅打什麼主意，告訴妳，我們才不怕你們搞花樣。」赫德嘉不屑地說。

「在帝國的土地上，本王說了算。」獅僧盯著張紀昂道：「張紀昂，還不束手就擒。上次讓你僥倖逃走，這次你還有這般幸運？」

但張紀昂對獅僧的挑釁不為所動，「這次不行，等我找回奧莉嘉，一定回來跟你分出高下。」

「哼，連羞恥心也沒有。」獅僧冷笑道：「無妨，反正最終都要死在本王手上。」

「請獅王爺手下留情，眼下應當先救回奧莉嘉，要是讓洪秀娥復活，其實力可是之前數倍。」蘇我隔在獅僧與張紀昂中間講述利害。經過方才激戰，蘇我等人多已疲傷，要是獅僧不留情面，打起來必討不到好處。張紀昂現在雖耐住性子，但要真的被激怒了，恐怕真得拿命去換。

「本王敬你英豪，才待你如賓，上回你私助欽犯，本王可忘之不計，若此次再攔。」獅僧沒說後半句話，但意圖相當明顯。當年他連列強公使都敢殺，豈將區區大和幕府的通緝犯放在眼裡。

安格拉出面說：「根據與公使團的約定，一切必須以緝捕奧莉嘉為重。」

「帝國之土，當以帝國之事為重。」

即使安格拉用五國公使團施壓也無用，獅僧鐵了心要拿下張紀昂。

正僵持不下時，河道兩岸兵馬聲起，鮮明的旗幟樹立岸上，後方又有幾艘官船尾隨。那旗幟分別是鮑霆、劉三省、李總兵等，一道尖銳稚嫩的聲音從後邊響徹道：「代姊，我來救你了！」

蘇我正愁沒見到碧翠絲，原來這機靈的小傢伙老早去搬救兵。

蘇我見安格拉雖不苟言笑，心底明白這定是她暗中默許，否則獅僧怎麼能放走碧翠絲。湘淮的兵馬隔岸挾之，儼然是要威嚇獅僧。驛船急忙停駛，獅僧帶領的三艘蒸汽輪船也停下，李總兵跟碧翠絲坐在同艘船上，徐徐靠攏場面紊亂的驛船。

碧翠絲飛燕般輕巧地跳下船，蹦蹦跳跳跑到蘇我身旁，彷彿毫無察覺身旁情勢。

「代姊，你沒事吧？」

「看到妳一切便安好。」蘇我倒是心疼起碧翠絲了，在霍山為救張紀昂而拋下她，她卻毫不責怪。

「自萬壽節後，京城一別，下官因剿賊公務繁身，未能抽空拜見，在此向王爺賠禮。」李總兵匆匆走下木板，向獅僧作揖行禮。

「有麒麟補子在，你李鴻甫怕是成了金鑾殿都看不見的睜眼瞎子，豈還認本王的鐵頂戴。」獅僧脫下紅鬼面具，同樣是面目慍怒，沒給人好臉色看。

「王爺言重了，曾總督時時訓誡我等心懷聖上與太后，未有一日不兢兢業業，只為早日除去國患。」李總兵恭敬地說，他停了會，肅穆地瞥向張紀昂道：「太后有諭，吩咐曾總督親辦國賊張紀昂，下官怠職，還妄王爺恕罪。」

張紀昂本來就是淮軍的人，現在李總兵既然出面，獅僧要是不給面子照宰張紀昂，到時定會被揪出小辮子鬧到朝堂上。獅僧雖身為帝國貴冑，又手握精兵，可此時皇上跟兩宮太后還得仰賴地方平叛，自然不能破壞關係。

「好說，都是替朝廷做事，殺賊豈分你我。」獅僧皮不笑肉不笑，那張臉彷彿想活吞李總兵。

李總兵攔截獅僧不一定是想幫張紀昂，但至少張紀昂能暫時脫離虎口。

安格拉推了推眼鏡，說：「獅王爺，如今有李總兵親自緝拿張營官，您大可以放心去追奧莉嘉。」

但張紀昂不陪他們虛與委蛇，大喊道：「誰也別想攔我。」

李總兵一個箭步壓住張紀昂，喝道：「忘恩負義的逆賊！」隨即一腳折倒，讓他伏在地上。

張紀昂還想掙扎，獅僧突然舉起氈杖朝他腦門重扣下，張紀昂隨即兩眼一花倒下。

蘇我急忙攙扶張紀昂，赫德嘉衝上前一把將人拉到自己懷中。

「誰準你碰張大人！」

「妾身碰得地方可多了。」蘇我此刻不與赫德嘉計較。

獅僧向李總兵諷道：「是你升了高位，手腳生疏了，還是捨不得。」

「孫起跟在下官身旁十年，雖無大功，但也稱得上奮勇先登，今孫起雖為國賊，舊情難滅，還請王爺赦下官婦人之情。」

「本王會記下，你去向聖上、太后解釋吧。」

「是。」

這下蘇我總算放心了，李總兵既稱呼張紀昂表字，顯然仍將他當作自己人，也是宣告這件事曾總督看著，讓獅僧不要越雷池。

朝廷雖忌憚湘淮的勢頭，可眼下平定狂屍餘黨和捻子賊還用的到他，獅僧絕不能撕破臉，至少表面上得賣面子。

兩方談妥張紀昂問題，現在最要緊的是追回奧莉嘉。

「王爺接下來有何打算？」李總兵問。

獅僧看了眼安格拉，擺明不想跟湘淮軍過多牽扯。安格拉向李總兵行禮，道：「先前攻破南都時，鮑將軍奉曾總督命拉了一車財寶，並引來扶堂伏擊。」

「想必收刮了不少。」獅僧冷笑道。

「不敢，曾總督一進城就命令我等查封妖后府庫，所有金銀細軟未取一分，全數運至京師，鮑霆所押送的不過是賑往他處的糧車。」李總兵解釋道。未攻破天都前，大家都謠傳洪秀媜的府庫藏有數不盡的珍寶，但曾總督押至京城的卻少得讓謠言四起。

「獅王爺，這點請不用擔心，鮑將軍所押的是洪秀媜的骨灰。」

獅僧眉頭微皺，盯著李總兵。

「俾斯麥小姐說得不錯，西太后密令炮殺妖后之後，須盡速將骨灰押入紫禁城。」顯然獅僧對此事並不知情，蘇我等人也不禁詫異。不過西太后要洪秀媜骨灰何用，眾人倒也心照不宣。

「聯合部隊一直跟蹤洪秀媜骨灰的下落，在扶堂突襲後發現忠王榮繡將一口大棺材運到霍山附近，可是沒多久形跡敗露，跟蹤者全數死亡。」安格拉娓娓說出掌握的情資。

獅僧板著臉說：「你們想藉妖后骨灰引出那個惡魔，誰知敗露了，才轉與本王合作。」

「王爺也不希望洪秀媜復活，再次肆虐。」安格拉沒有反駁。

「無妨，屍賊未滅，本王就有責任剿殺。」獅僧瞪著李總兵道：「聽著，張紀昂可以交給你，但不得離開本王視線，待追回那個惡魔，一同將國賊押送京師。」

「遵命。」李總兵抱拳道。

蘇我忖李總兵並不在乎奧莉嘉落到誰手上，但他絕不樂見洪秀媜復活，更何況還能一舉擒下榮繡，又是一件大功。出面商榷的雖是李總兵，但無疑是曾總督的決策。

※

李總兵和獅僧的部隊移回慶城附近駐紮，一干人聚著研究洪秀媜棺木的下落。蘇我、碧翠絲、愛蜜莉、赫德嘉則被集中到同個大帳，外面由李總兵的人把守。兩個情敵同處一地，氣氛格外尷尬。

赫德嘉在營帳發難道：「他們憑什麼把張大人扣住，不行，我要去救張大人。」

一路上赫德嘉不停發牢騷，碧翠絲忍不住說：「妳要不怕被那個大傢伙一掌拍死，請便！」

「那個鬼面具才不敢。」

「他可是連公使都敢殺喔，還是要等他殺死妳，再等妳的老爸來復仇？」碧翠絲嗤笑道。

「沒教養的海盜後代，真是符合身分啊！」

「妳才是落魄王朝的後代，先擔心書呆子的舅爺會怎麼對付妳吧！」

「都別吵。」蘇我將碧翠絲拉到身旁，向赫德嘉安撫道：「妾身敢保證孫起在李總兵手上不會有事。」

「對嘛，我們的目的是找奧莉嘉。」愛蜜莉也勸道。

「對啦，去抓奧莉嘉賺賞金，什麼時候妳們王室窮到連五十萬鎊都沒有，人家可以先借妳唷！」碧翠絲嘲諷道。

「少說兩句。」蘇我說。

「喂！妳搞清楚喔，要不是為了愛蜜莉，我才懶得理『惡魔』。」

蘇我跟碧翠絲同時疑惑地望向愛蜜莉，愛蜜莉只能害羞的低下頭說：「別說了啦。」

事情到這個地步，蘇我溫柔地說：「小愛，妳若有苦衷可儘管告訴我。」

從在客棧的反應來看，愛蜜莉肯定不是為了賺那五十萬鎊，其中必有隱情。

愛蜜莉吞吞吐吐，不知所措地看著赫德嘉。

「告訴他們吧，我可不想被一個海盜後代當成是財如命的錢鬼。」赫德嘉氣呼呼地瞪著碧翠絲。

碧翠絲跑到愛蜜莉身旁，睜著圓溜溜的眼睛催促道：「怪力女快說，快點，不然我會一直搔癢妳喔。」

愛蜜莉立刻逃開，躲到赫德嘉身後，碧翠絲直接撞上去。

「走開，妳是火船嗎！」

碧翠絲才不管赫德嘉，繼續追著愛蜜莉跑。

愛蜜莉直好跑到蘇我身後躲著。

「小愛不想說，就不要勉強她了。」

「不行，人家現在很有興趣，要是不問清楚晚上會睡不著。」

其實蘇我也想知道內情，要是愛蜜莉真有逼不得已的理由，便可將之視為盟友。

「好，我說就是了。」愛蜜莉抿著嘴，不安地看著蘇我，蘇我堅定地向她微笑，「我說過溫迪哥的事情吧。」

「嗯嗯。」碧翠絲興奮地點頭，示意愛蜜莉趕緊說下去。

「很小的時候，我跟爺爺去山裡探險，不小心迷路，然後我遇到可怕的溫迪哥。」

「那不是傳說中的生物嗎？」碧翠絲問。

愛蜜莉搖頭道：「牠像是一團黑影，有著尖銳的獠牙……很可怕，真的，牠向我衝了過來，我一直逃，不斷喊爺爺，可是我還是被抓到了，溫迪哥抓住我……然後我暈死過去，醒來後看到爺爺在我身旁。」

愛蜜莉緊緊抓住手臂，害怕地說：「爺爺雖然擊退了溫迪哥，可是我的靈魂已經被咬走一塊，每天晚上溫迪哥會出現在我的夢裡，只要我跑慢了，牠就會繼續咬走我的靈魂，直到我死去……」

說到這裡，愛蜜莉渾身發抖，蘇我哀憐地抱住愛蜜莉的頭，沒想到樂觀活潑的她還有這等悲慘遭遇。

「總之，愛蜜莉聽從巫師的預言來到帝國，想藉助『惡魔』奧莉嘉的力量驅走她體內的惡靈。」見愛蜜莉已經說不出話，赫德嘉乾脆替她說完。

「原來如此，笨蛋公主也是有善心的嘛。」碧翠絲一副了然的模樣。
蘇我也明白為何張紀昂會配合赫德嘉的行動。
「誰是笨蛋公主！」
「還是妳喜歡叫暴力公主、壞脾氣公主，或者叫傻瓜公主。」
「最後一個完全沒有差，而且全都是貶意！」
接著換赫德嘉跑去追碧翠絲。
蘇我輕輕拍撫愛蜜莉的背說：「既然妳只是想尋求奧莉嘉幫忙，我們就是盟友。」
「對不起，如果我早點告訴你這件事，就不會惹出這些麻煩。」愛蜜莉羞怯地說。
「誤會說清就好了，誰沒有一兩件難以啟齒的事。」
此時蘇我算是放了心，少個敵人便是多個友軍。
榮繡必是將奧莉嘉帶去洪秀媜棺木那裡進行復活儀式，問題是地點。蘇我認為李總兵和獅僧即使知道了，也不可能告知，畢竟阻止洪秀媜復活、抓榮繡、逮奧莉嘉獻給五國公使團，可謂一舉三得，因此他們再不願合作，也不會讓蘇我等人插手。
因此蘇我還是得靠自己。
「妳們安靜點。」蘇我喝止還在打鬧的碧翠絲跟赫德嘉，推斷道：「洪秀媜的棺材應在霍山。」
「不會吧，代姊，那天你們跑掉後，鬼面具他們整夜搜山，只殺了一堆狂屍，其他的什麼都沒找到。」碧翠絲被赫德嘉擒住脖子，她轉身甩開。

「不對，記得虞念花說的嗎，她把奧莉嘉安置在霍山就是為了吸取靈氣，所以洪秀媜的棺木一定在附近，才能慢慢吸收奧莉嘉的力量復活。」蘇我想起虞念花藏住奧莉嘉的洞穴相當隱密，若無人帶路，就算幾千人去搜也不一定有找得到。「當時我們還不知道棺木跟骨灰的事，所以漏了這點。正因為安格拉小姐也以為棺木不在霍山，榮繡才能放心的帶著玄甲營追我們。」

「哦哦，不愧是代姊。」碧翠絲開心指著赫德嘉的鼻子，「看見沒笨蛋公主，這就是代姊跟妳的差別。」

「哼，不過是推測，又不是事實。」

「總之先去霍山看看吧。」愛蜜莉說。

「應該先去救張大人吧。不對，你們去霍山找『惡魔』奧莉嘉，我去救張大人。」

「在這裡我們代姊比妳還熟門熟路，輪不到妳替辮子頭擔心。」

「都別吵。」蘇我無奈地喊停。「現在我們必須同心協力，先救孫起，再一起去霍山救奧莉嘉。」

「贊成。」赫德嘉第一個點頭。

「我們必須悄悄行動，就算是安格拉小姐也不能透漏風聲。」蘇我看著三人，說：「今晚就行動，我跟碧翠絲去救孫起，小愛跟赫德嘉到外面等。」

「喂，你應該稱我為赫德嘉公主或三公主——」

「好啦，妳這個笨蛋公主滾去旁邊。」

蘇我看著赫德嘉，如同他指揮常勝軍作戰時嚴肅，「現在我們同舟共濟，要絕對服從命令。」

赫德嘉雖不滿蘇我這個情敵，但此時也只能攜手共戰。

※

黃昏時安格拉送四人的伙食，閒聊幾句後便離開，蘇我見日頭已沒，立刻宣布行動開始。蘇我點起燭火，擺放好愛蜜莉事先做好的假人。

外面有李總兵的人把守，加上整個營區不下三千人，想避開耳目並非易事。但碧翠絲的腳步很快，蘇我身子也恢復的差不多，因此很快便到了李總兵部隊的營帳。透過套安格拉的話，得知張紀昂被關在李總兵的大營。

赫德嘉雖然反應極快，可是身手就稍差了些，很可能引起巡哨注意，因此蘇我只盼有愛蜜莉照應能一切順利。

為防止節外生枝，蘇我跟碧翠絲加快動作。

李總兵的大營旁守衛密集，幾乎沒有可乘之機，蘇我便指示嬌小迅速的碧翠絲獨自去，他則留著把風。

碧翠絲走後，他躲在草叢裡避開巡哨。沒一會，他見到李總兵跟劉三省慢慢走來，身後又跟著十來個親衛，其中兩個扛著那把精鋼王弓。蘇我忖安格拉不久前才回去繼續開會，那兩人卻已出來，從劉三省不悅的神情看來，獅僧沒有少為難他們。

蘇我隱蔽吸呼，靜下心神，側聽他們的談話。

「哼，他未免也太瞧不起咱們，別忘了屄賊有一半是咱們打下來的。」劉三省憤恨不平地說。

「休得胡言，要學著藏鋒，朝廷可是盯著我們。」李總兵淡然道。

「大人，九帥上回說得可是真的？」劉三省問。

李總兵示意他住口，然後朝左右看了看，刻意與親衛保持距離，才說：「上回九帥喝多了，你怎麼也跟著胡鬧。」

九帥是曾總督的胞弟，也是湘軍頭號人物，一向殺人如麻，圍攻天都便數他功勞最大。蘇我記得當時九帥還揚言要開洪秀媜府庫犒賞將士，後來此議無疾而終。

蘇我猜正因此事使朝廷格外忌憚湘淮接下來的動向，獅僧才會急於拿張紀昂開刀，藉以節制。

劉三省向來粗放，眼下都自己人，也就沒有拘束，說：「難道總督大人一點意思也沒有。」

「曾大人向來敬重聖上，怎麼敢生異心。聽好了，現在朝廷緊盯著我們，就是想找機會拔掉曾大人，曾大人要是有個萬一，我們也不好過。」

「獅僧處處刁難，擺明想獨攬功勞。」

「屍賊已是強弩之末，只要那妖后仍是死的，棘手的不過是玄甲營。獅王爺想拔掉尖刺，我們何須急躁，在一旁靜看便是。」

「哦，總督在等待時機。」劉三省明白李總兵的意思。

「曾大人早已斥責九帥，我們還是按朝廷意思辦事，兩百年了，哪一日不是這樣過。」李總兵笑道。

「萬一妖后真的復生，咱們可吃力了。」

「獅王爺手裡握的是朝廷最精銳的兵馬，有王爺馳騁沙場，我們這些鄉下兵勇不過鞍前馬後的份。」李總兵拍了拍劉三省寬闊的肩膀，語重心長道：「我們只要做好該做的事。」

「末將明白。」劉三省抱拳道。

蘇我聽了一驚，從兩人談話裡，可知攻破天都後，九帥曾發出違逆之言。只要細想，以曾總督如今形勢，東南富庶一地幾乎都掌握在湘淮之手，雖然還有洪秀媜復活的潛在威脅，但這正好能讓她跟獅僧打得兩敗俱傷，屆時神州境內還有誰制衡曾總督。

要是讓張紀昂知道——蘇我不敢再想，雖然現在張紀昂一心想救奧莉嘉，可是他終究浸淫忠孝禮義，又是一條根通到底的傻子，必然會引起滔天風波。

蘇我忖這些還都是猜測，誰知道曾總督真正想幹嘛，因此決定先放在心裡不說。他算著時間，碧翠絲也該潛入帳內救出張紀昂了。

突然李總兵停下步伐，一道冷光掃向蘇我躲藏的草堆。
「三省，俾斯麥少尉是何時送飯？」
「大概是半個時辰前。」
「現在有人吃飽了，開始搞動作。」
劉三省舉起陌刀，朝草叢橫掃。
蘇我沒料到李總兵耳朵這麼利，幸而陌刀只離他的頭髮還差幾分，虛驚一場。劉三省正要補刀，忽然李總兵大營傳來一陣爆響。
「快去。」
劉三省得令，立刻帶人趕赴。
蘇我心喜，定是碧翠絲從安格拉身上偷了些炸藥，製造慌亂。
當蘇我正準備出去接應，抬頭卻看見李總兵一雙老練沉穩的眼直直勾著他。
「蘇我上尉可算是盡了心。」
蘇我見形跡敗露，也不多說廢話，抽出不動尊就要應戰。
鏘——清脆的鐵器碰響環繞耳畔，蘇我驚恐地擋住橫空出現的陌刀，要是他再慢一些，早就被砍下腦袋。
他暗罵自己被李總兵勾去注意力，沒發現劉三省實際上是繞到背後突襲。
「接得好。錫城的帳咱們一塊算。」劉三省鼓起肌肉，輸出巨大力量，面部脖頸盔甲未罩住的地方浮起猙獰青筋，一刀下來彷彿能劈開一座大山。

不動尊雖是好刀，也經不起這怪力蹂躪，蘇我連忙閃避，刀捲土石，形成迷障，再跳到劉三省頭上，刀如水型，遊走自如，亦柔亦韌，柔者幻象無影，韌者可破金剛。

「上回看在哈勒的面子，這次可沒人能說話。」

劉三省連砍數刀都不著點，反是蘇我突如一擊便震開他數步。

「取弓。」李總兵伸手，接過親兵送上的精鋼王弓。

李總兵只瞄了一瞬，幾乎是搭箭便發，精制的鋼箭頭穩穩射向蘇我飄忽的身影。

蘇我此刻身法雖若水無形多變，那箭竟如活物，精準射中他的腳，並直直穿透骨頭。劉三省立刻將陌刀架在他的脖子旁，冰冷刀鋒觸至肌膚，稍動一下便能斷喉。

「蘇我上尉不愧是常勝軍智囊。」李總兵和藹笑道。蘇我既然劫張紀昂，必然知曉洪秀媜棺木在何處，所以才故意瞄準腳射。

「說出來，可饒你不死。」劉三省說。

「妾身不懂李大人跟劉大人的意思。」

「哈哈哈，想來蘇我上尉是不會說的，但碧翠絲小姐可就不一定。」李總兵打算把蘇我當作人質。

「別動，死了可惜。」劉三省瞪著蠢蠢欲動的蘇我。

「你盤算得很準，但漏了一件事，俾斯麥少尉跟我們才是盟友。」李總兵俯視蘇我，展現老謀深算，「孫起一直被押在獅王爺的大營，碧翠絲小姐白跑一趟了。」

「那可未必。」

四周驀然飄散刺鼻的氣味，李總兵立即環顧左右，只見愛蜜莉銜著他一笑，接著連環大爆，烈焰四起。蘇我留了一手，他並未全然相信安格拉的情報，愛蜜莉跟赫德嘉並不是到外面接應他們，而是繞去獅僧的營帳打游擊。

愛蜜莉又折回來鋪滿大量的火藥。

這時一道鋒芒刺來，劉三省迴避，仍被堅利的琴弓刺破甲冑，傷到脅下。

「你欠我一次。」

「孫起人呢？」蘇我起身問道。

未等赫德嘉回應，只見一個鳳眼神將凌空落地，龍刀如雷劈下，逼得猝不及防的劉三省跟李總兵只能逃散。

強大的力量凝結空氣。

「孫起，你要是跟他們走，我可就保不住你。」

「罪臣不忠，無以回報，待罪臣事了，必負荊來投。」

黃沙漫天，夜色迷濛，根本看不見張紀昂在哪。

那鳳眼神將又一刀狠狠劈下，直將大地裂作兩半，隨之消散無蹤。

李總兵恢復鎮定，朝幾個方位射箭，待煙塵散去，已不見人影。

「大人，咱們不追嗎？」劉三省中了蘇我的計，正氣急敗壞想尋他復仇。

但李總兵將精鋼王弓交給親兵，拂袖笑道：「聽，獅王爺出馬了，三省，切記我說的，只要做好該做的事。」

一聲冷笑如利刃劃破夜空，雲兒也掩蔽了皎潔明月。

（本集完．待續）

【後記】

《太平妖姬．無渡河》終於寫完了。

本來預期第二集在半年前就會寫完，卻沒想到拖著拖著第一集成書已過一年之久。

這一年間說不定讀者都忘了前面的內容。

一言以蔽之，妹子打殭屍。

但細細品味就能看見大清王朝末年局勢，乃至於十九世紀的世界史。說不定哪天有個優秀學生在學測或指考歷史時遇到難纏的題目，恰好這位優秀學生看過《太平妖姬》系列，一回想劇情立刻浮現答案，因此考上理想學校。

絕對是功德無量。不必謝我，就謝看過《太平妖姬》的自己吧！

都說「老王賣瓜，自賣自誇」，但我做人向來公私分明，絕不會因為自己寫的東西就說好，我只是有推薦好東西的習慣。

第一集《玉虛歌》著墨較多基督色彩，精確的說是以「救贖」為主題脈絡，妖后洪秀媜、奧莉嘉、張紀昂等人的救贖核心各有不同，不過大抵都圍繞蒼生。

《無渡河》則從對天下蒼生的關注，轉到各角色的心境，「無渡河」一詞出自古樂府《箜篌引》首句「公無渡河，公竟渡河！」大意是有個人打算涉險渡河，卻墮河而死，諷諭人身罹險境，卻執迷不悟。

這裡說的險境，往大了說是天下局勢之險，往小了說是這些人物心裡最苦、最執著難解的心魔。

佛說人有八苦，「生、老、病、死、愛別離、怨憎會、求不得、五蔭熾盛」，需透過「苦寂滅道」的過程進行解脫。

解脫談何容易，人哪怕只有一絲念想，滴水可成苦海。

樂馬　二〇二〇年七月十五日　寫於成佛過程中

釀奇幻46　PG2429

太平妖姬（貳）：
無渡河

作　　者　樂　馬
責任編輯　喬齊安
圖文排版　蔡忠翰
封面繪圖　茉　淅
封面完稿　蔡瑋筠

出版策劃　釀出版
製作發行　秀威資訊科技股份有限公司
114 台北市內湖區瑞光路76巷65號1樓
電話：+886-2-2796-3638　傳真：+886-2-2796-1377
服務信箱：service@showwe.com.tw
http://www.showwe.com.tw
郵政劃撥　19563868　戶名：秀威資訊科技股份有限公司
展售門市　國家書店【松江門市】
104 台北市中山區松江路209號1樓
電話：+886-2-2518-0207　傳真：+886-2-2518-0778
網路訂購　秀威網路書店：https://store.showwe.tw
國家網路書店：https://www.govbooks.com.tw
法律顧問　毛國樑　律師
總 經 銷　聯合發行股份有限公司
231新北市新店區寶橋路235巷6弄6號4F
電話：+886-2-2917-8022　傳真：+886-2-2915-6275

出版日期　2020年8月　BOD一版
定　　價　280元

Printed in Taiwan

國家圖書館出版品預行編目

太平妖姬. 貳, 無渡河 / 樂馬著. -- 一版. --
臺北市 : 釀出版, 2020.08
面； 公分. -- (釀奇幻 ; 46)
BOD版
ISBN 978-986-445-404-4(平裝)

863.57 109008006

讀者回函卡

感謝您購買本書，為提升服務品質，請填妥以下資料，將讀者回函卡直接寄回或傳真本公司，收到您的寶貴意見後，我們會收藏記錄及檢討，謝謝！

如您需要了解本公司最新出版書目、購書優惠或企劃活動，歡迎您上網查詢或下載相關資料：http:// www.showwe.com.tw

您購買的書名：________________________________

出生日期：________年________月________日

學歷：□高中（含）以下　□大專　□研究所（含）以上

職業：□製造業　□金融業　□資訊業　□軍警　□傳播業　□自由業

□服務業　□公務員　□教職　□學生　□家管　□其它______

購書地點：□網路書店　□實體書店　□書展　□郵購　□贈閱　□其他

您從何得知本書的消息？

□網路書店　□實體書店　□網路搜尋　□電子報　□書訊　□雜誌

□傳播媒體　□親友推薦　□網站推薦　□部落格　□其他________

您對本書的評價：（請填代號　1.非常滿意　2.滿意　3.尚可　4.再改進）

封面設計____　版面編排____　內容____　文／譯筆____　價格____

讀完書後您覺得：

□很有收穫　□有收穫　□收穫不多　□沒收穫

對我們的建議：________________________________

____

____

____

請貼
郵票

11466
台北市內湖區瑞光路 76 巷 65 號 1 樓
秀威資訊科技股份有限公司 收
BOD 數位出版事業部

（請沿線對折寄回，謝謝！）

姓　　名：＿＿＿＿＿＿＿＿　年齡：＿＿＿＿　性別：□女　□男

郵遞區號：□□□□□

地　　址：＿＿＿＿＿＿＿＿＿＿＿＿＿＿＿＿

聯絡電話：(日)＿＿＿＿＿＿＿＿ (夜)＿＿＿＿＿＿＿＿

E-mail：＿＿＿＿＿＿＿＿＿＿＿＿＿＿＿＿